Recueil de Nouvelles

Sonate

Sonate

Manon Lilaas

© 2021 Manon Lilaas (Lilaas93)

Éditeur : BoD-Books on Demand
12-14 rond-point des Champs-Élysées, 75008 Paris
Impression : Books on Demand, Norderstedt, Allemagne

ISBN : 978-2-3221-7329-7
Dépôt légal : Mai 2021

*À chacun de ceux qui m'ont encouragée,
qui m'ont permis de me dépasser, et qui, à leur manière,
sont aussi derrière ce livre.*

*Et à l'une des plus merveilleuses personnes que je connaisse,
celle de qui l'avis est le plus important à mes yeux,
ma petite soeur.*

Avant-propos

Ces nouvelles sont à l'origine des récits postés sur la plateforme d'écriture Wattpad. Il s'agit de fanfictions, de fait il m'a fallu modifier les noms des protagonistes. En revanche, puisque je suis une personne fainéante, je les ai modifiés mais sur l'ensemble du livre. Autrement dit, il y a des noms qui reviennent dans plusieurs récits, même si ces derniers n'ont aucun lien les uns avec les autres.

Le Jihwan de *Sonate*, par exemple, n'est pas celui de *Son sourire angélique*. Il n'y a aucune continuité entre ces histoires.

Je m'excuse et espère quand même que cela ne sera pas une gêne à la lecture.

Sonate

Jihwan poussa un long soupir puis, dans un geste qui traduisait son anxiété, il laissa sa main se promener quelques instants dans ses cheveux et replaça correctement une mèche qui n'avait pas besoin de l'être. Il planta les mains dans les poches de son sweat puis jeta quelques regards autour de lui, comme s'il voulait à tout prix fuir cet endroit sinistre.

Il n'y avait pourtant rien de lugubre ici, le grand bâtiment était coloré d'un blanc cassé et le parc qui s'étendait derrière Jihwan témoignait de l'automne qui approchait à pas rapides : déjà l'ocre, l'orange et le rouge recouvraient les frondaisons et au sol s'échouaient régulièrement de pauvres feuilles mortes. Pourtant Jihwan trouvait que cette saison était la plus belle, car lui ne voyait pas la nature mourir, il la voyait s'endormir paisiblement en se revêtant de couleurs flamboyantes pour préparer son retour magistral au printemps suivant.

Il serra les poings, une expression soucieuse sur le visage, ses sourcils tristement froncés, et il poussa la porte juste devant lui. Le rez-de-chaussée de l'établissement était dénué de vie, comme toujours lorsqu'il arrivait ici. Cela faisait à présent près d'un an que trois fois par semaine, il venait sans relâche avec la même appréhension au ventre, la même crainte qu'il tentait de faire taire tant bien que mal sans jamais y parvenir, les mêmes larmes qu'il retenait avec de plus en plus de mal.

Comment allait-il l'accueillir cette fois-ci ?

Il appuya sur le bouton pour appeler l'ascenseur et l'attente fut tout aussi longue qu'à l'accoutumée, du moins du point de vue du jeune homme. Lorsqu'il put enfin y mettre les pieds, il demanda automatiquement le troisième étage et, quand l'appareil se ferma, le jeune homme poussa un long soupir avant de s'adosser au mur et de lever la tête vers le plafond. Cette odeur de vieillesse qui, au début, l'avait légèrement dérangé était désormais quelque chose à quoi il s'était habitué.

Quand l'ascenseur se stoppa, il en sortit pour ensuite s'arrêter devant la porte d'un petit sas qui lui faisait face. N'importe qui pouvait entrer par le côté où se trouvait Jihwan, mais il fallait demander à quelqu'un de l'aide pour sortir, puisque seuls les infirmiers avaient la clé.

Lorsqu'il poussa la large porte, un long couloir éclairé par de grandes fenêtres qui donnaient sur le parc s'étendit devant lui. Tout semblait serein et calme, l'atmosphère était détendue. De multiples sièges étaient installés sur le côté, de sorte à ne pas gêner le passage ; des téléviseurs diffusaient en continu des images devant lesquelles de vieilles dames se complaisaient paisiblement. Il passa devant elles et les salua rapidement une à une d'un geste de la main, empruntant mécaniquement le chemin qu'il prenait toujours. Certaines femmes le regardèrent, l'air un peu déboussolé, tandis que d'autres lui rendirent son salut dans un sourire, contentes de revoir ce mignon jeune garçon qu'elles avaient fini par apprécier.

Arrivé devant la porte de la chambre, il marqua un nouvel arrêt et soupira longuement, les yeux baissés vers le sol. C'était à la fois une épreuve et un soulagement de venir lui rendre visite, mais il tenait à profiter de lui avant de ne plus pouvoir lui parler, du moins plus comme avant.

Il toqua à deux reprises à la porte ; une voix éraillée à l'intérieur l'invita à entrer. Jihwan obéit. Il le vit assis sur son lit, habillé mais l'air fatigué : il venait de se réveiller.

Le temps avait marqué son corps comme s'il voulait montrer l'emprise qu'il avait sur lui : ses cheveux étaient colorés d'un gris terne, sur tout son visage s'étendaient de profondes rides et ses yeux qui semblaient avoir tout vu des choses de la vie étaient cernés par l'épuisement que cela lui avait causé. Son corps était maigre, il paraissait faible alors même qu'il était particulièrement vigoureux à peine six ou sept ans plus tôt. On aurait pu croire qu'il ne se nourrissait plus bien que c'était faire fausse route, l'âge lui volait simplement peu à peu ce dont la jeunesse lui avait fait cadeau.

« Jihwan, mon chéri, je suis content de te voir. »

Le vieil homme se leva afin de prendre son petit-fils dans ses bras. Ce dernier lui rendit son étreinte tandis qu'un large sourire naissait sur ses lèvres : il ne l'avait pas oublié.

Pas encore.

« Comment tu vas ?

— Il y a des jours où ça va mieux que d'autres, tu sais. Les gens sont très gentils ici.

— C'est bien. T'as fait quelque chose de sympa hier ? »

Le vieil homme ne semblait pas connaître la réponse à sa question et Jihwan savait qu'il lui en demandait beaucoup. Il savait également qu'il avait de la chance d'être arrivé dans un des bons jours de son grand-père, car parfois leurs discussions n'avaient ni queue ni tête. Mais ce n'était pas de la faute du vieil homme, il n'y pouvait rien.

« T'as fait des activités, peut-être ? insista Jihwan dans l'espoir de lui faire recouvrer la mémoire.

— Non, j'ai dormi.

— Toute la journée ?

— Je viens de me réveiller.

— Oui, mais hier, t'as fait quoi, papi ? »

Il sembla déstabilisé, quant à son petit-fils il s'en voulait de devoir ainsi appuyer, mais il avait besoin de savoir qu'Alzheimer n'avait pas pris le dessus sur l'esprit de son grand-père. C'était cependant quelque chose de vain, puisque visiblement il ne parviendrait à rien en continuant sur ce sujet.

« Je suis venu avec des magazines pour toi. Tu veux que j'allume la télé ?

— Oui, pourquoi pas. »

Jihwan sourit à son grand-père qui le lui rendit. Il fit quelques pas jusqu'à l'étagère sur laquelle avait été posée la télévision et chercha du regard la télécommande avant de se tourner vers son interlocuteur, l'air interrogateur.

« Tu l'as mise où, la télécommande ?

— Hein ?

— La télécommande. Elle est où ?

— T'as vérifié vers la télé ?

— Oui, elle est pas là. Tu l'as vue où pour la dernière fois ?

— Je sais pas.

— Je vais la chercher, elle doit pas être loin, attends deux minutes. »

Jihwan se pencha pour vérifier sous le meuble, puis il jeta un bref coup d'œil sous le lit, dans l'étagère des magazines de son grand-père, et il alla même fouiller à la salle de bains. Elle n'était pas là. Il soupira puis revint à la chambre lorsque son regard se posa sur la boîte d'un puzzle qu'ils avaient terminé ensemble la semaine précédente. Il la prit, en souleva le couvercle et découvrit au milieu des quelques pièces de carton la télécommande qu'il cherchait.

« C'est bon je l'ai, dit-il en souriant. Qu'est-ce qu'elle faisait là ?

— Je sais pas. »

Il haussa les épaules puis vint s'asseoir vers son grand-père avant de presser le bouton pour ensuite faire défiler les chaînes, tentant de se montrer jovial et enthousiaste.

« Hier un charmant garçon est venu, il a joué du piano ; c'était pas la première fois. Toi aussi je me souviens que tu joues bien. »

Parfois des bribes de souvenirs revenaient soudainement en mémoire au vieil homme alors même que cela contredisait ce qu'il avait prétendu quelques instants plus tôt, mais Jihwan sourit à cette nouvelle.

« C'est super, et comment il s'appelait ?
— Je lui ai pas demandé.
— Il a joué quoi ?
— Je connaissais pas l'air.
— Il était employé ? C'était un animateur ?
— Je sais plus. »

Jihwan acquiesça, content de voir que son grand-père était particulièrement lucide aujourd'hui. Il laissa un jeu télévisé en fond sonore puis sortit d'un tiroir un jeu de mots fléchés d'un niveau très bas. Son grand-père adorait en faire avant que la maladie ne le frappe, et parce qu'il avait été instituteur, c'était un jeu auquel il avait été doué. Sa culture générale avait toujours impressionné Jihwan, mais à présent tout s'évaporait : alors que son grand-père était un véritable champion à ce jeu, il n'était même plus désormais capable d'en réussir un, même très simple, sans l'aide de son petit-fils qui essayait de faire travailler sa mémoire de cette façon.

« On va continuer la grille qu'on avait commencée la dernière fois, d'accord ?
— Oui, d'accord. »

Jihwan s'installa auprès de son grand-père et prit un stylo qui traînait sur la table de chevet.

« Alors… Tiens, celui-là : en trois lettres, « séparait Berlin en deux de 1961 à 1989 ». On a déjà le « m » en première lettre et le « r » à la fin. C'est quoi la lettre du milieu ? »

Bien sûr que le jeune homme savait qu'il s'agissait du « u », puisque ce dont la définition parlait était le mur de Berlin, construit lors de la Guerre Froide, mais il voulait laisser son grand-père trouver seul. Le vieil homme cependant avait quelques difficultés.

« Ce qui séparait Berlin en deux, répéta Jihwan d'un ton encourageant. En trois lettres : un « m », une lettre, et un « r ». Qu'est-ce qui a séparé cette ville en deux, papi ?

— La mer ? »

Alors ça, Jihwan ne s'y attendait pas : lui-même n'y aurait jamais pensé. Pourtant, plutôt que de se sentir peiné par l'état de son grand-père, il préféra lui accorder un nouveau sourire et prendre cela à la légère – de toute façon il n'y pouvait rien, il n'allait pas passer son temps à se morfondre.

« Mais non, papi, allez : c'est grand, haut et tu m'avais raconté qu'il était infranchissable à cause des tours de guet qu'il y avait à de nombreux endroits. Ça sépare une ville en deux, c'est haut et c'est en béton. C'est un m… »

Il laissa le mot en suspens et finalement l'homme trouva la réponse.

« Super, un mur ! Allez, on passe au suivant ! »

Avec l'enthousiasme débordant dont il essayait toujours de faire preuve devant son papi, Jihwan lut une nouvelle définition. Ensemble, ils continuèrent la grille pendant près d'une heure avant que le jeune homme ne consulte sa montre : habituellement, il partait pour aller à l'université mais ce jour-là, exceptionnellement, il n'y avait pas cours.

« Il est bientôt quatre heures, tu veux qu'on aille se balader dans le parc ?

— Si tu veux. »

Il prit la main de son grand-père, l'aida à se relever puis enroula son bras autour du sien afin de l'assister et d'être sûr de pouvoir le rattraper s'il venait à trébucher. Ils sortirent de la chambre et longèrent ensemble le couloir avant d'arriver près du sas. Jihwan s'apprêta à demander à un infirmier présent d'ouvrir quand la porte fut poussée par un jeune garçon à peine plus âgé que lui. Il portait sur son dos un sac de cours noir mais ce fut par son visage que le regard de Jihwan fut attiré : il avait des traits doux, des cheveux un peu plus foncés que les siens et ses yeux, colorés d'un beau marron, exprimaient une sorte de soulagement que Jihwan ne comprit pas. Le garçon devait avoir quelques années de plus que lui, à peine, et quand celui-ci remarqua Jihwan, il s'écarta du chemin de sorte à pouvoir lui tenir la porte en lui accordant un sourire :

« Je vous en prie, fit-il poliment.

— Merci beaucoup. »

Le jeune garçon inclina légèrement la tête en guise de remerciements et passa avec son grand-père jusqu'à l'ascenseur. Les Alzheimer avaient beaucoup trop de risques de se perdre s'ils sortaient seuls, c'est pourquoi l'établissement était doté de ces portes qui ne s'ouvraient que de l'extérieur.

Jihwan appela l'ascenseur en lançant un regard à son grand-père qui l'observait avec tendresse.

« Maman m'a dit qu'elle était venue hier, dans la soirée, indiqua Jihwan. Vous avez beaucoup parlé ? »

L'homme réfléchit, hésita, avant de hausser les épaules en répondant qu'il n'en avait pas la moindre idée. Jihwan cacha sa déception, il se contenta de sourire en ajoutant que ce n'était rien.

Une fois arrivés dans le parc, ils marchèrent jusqu'à un banc sur lequel ils prirent place calmement. Jihwan laissa la brise automnale le rafraîchir, le débarrasser de ses doutes ; il commença à raconter à son aïeul ce qu'il avait fait de sa journée, simplement parce qu'il aimait lui parler et que dans ses moments de lucidité, le vieil homme était resté quelqu'un de bon conseil qui savait quoi lui dire quand il avait des soucis.

Le soleil déclinait lentement à l'horizon. Jihwan se releva et tendit le bras à son grand-père pour qu'il en fasse autant, l'encourageant à le suivre jusqu'à l'intérieur. Parfois le vieil homme se montrait réticent : il ne voulait pas regagner sa chambre. Il espérait que son épouse viendrait le chercher pour le ramener dans sa maison, la maison qu'il avait construite peu après son mariage, cette maison à laquelle il avait consacré tant d'années de sa vie. Mais c'était impossible : sa femme ne pouvait plus l'assumer seule, elle était bien trop âgée pour le surveiller jour et nuit.

Par chance cette fois-ci il se montra docile, il retourna à sa chambre au bras de son petit-fils. Les deux avaient l'air heureux.

Quand ils entrèrent dans le couloir, une douce mélodie monta à leurs oreilles, pareille à une agréable caresse. C'était un air particulièrement mélancolique, Jihwan comprit qu'il s'agissait là du jeune pianiste que son grand-père lui disait avoir écouté la veille. Parce qu'il nourrissait un certain intérêt pour la musique classique, il n'eut pas de mal à reconnaître la magnifique Sonate au Clair de Lune de Beethoven, le premier mouvement. C'était si bien joué, si beau. Il en fut ému au point qu'une larme orpheline s'échappa discrètement du coin de son œil.

« Je vais y aller, sourit Jihwan en lâchant le bras de son grand-père une fois qu'ils eurent retrouvé la chaleur de sa chambre.

— J'ai hâte de te revoir.

— Moi aussi, je reviendrai sûrement après-demain.

— À bientôt.

— Au revoir. »

Il sortit puis referma la porte avant que la musique ne lui parvienne de nouveau. Jihwan décida alors de la suivre, après tout il avait du temps devant lui et était curieux de voir ce fameux jeune homme. Il longea le couloir jusqu'à la salle commune de l'étage où s'étaient réunies plusieurs vieilles dames –

car ici se trouvaient majoritairement des femmes – et il alla prendre place près de l'une d'entre elles. Elle était gentille, il la connaissait bien ; elle était encore loin du stade avancé de la maladie, aussi le reconnut-elle immédiatement.

« Jihwan, sourit-elle, t'es déjà allé voir ton grand-père ?

— Oui.

— Il va bien ?

— Il se porte bien. »

Il y avait là une grande différence à ses yeux.

« Je vois. Et toi comment tu vas ?

— Ça va aussi.

— T'es venu écouter Yejun jouer ?

— Yejun ?

— Le pianiste, viens voir. »

Elle se leva et par réflexe il la soutint, comme il le faisait avec son grand-père. Elle le guida à travers la petite foule ; ils se plantèrent devant une estrade sur laquelle se trouvait le jeune homme que Jihwan avait croisé peu de temps auparavant.

Le piano de la salle commune était très peu utilisé, il avait même l'air neuf, coloré d'un noir brillant sans la moindre écaille. Il avait été amené ici par une pensionnaire qui en jouait souvent et que ça réconfortait, mais elle était partie quelques mois plus tôt. Ses enfants avaient souhaité que le piano demeure ici car ils étaient convaincus que cela pourrait aider d'autres personnes âgées. Ainsi, n'importe qui le souhaitant pourrait jouer et, d'une certaine façon, se souvenir d'elle dont le nom était gravé sur l'un des pieds de l'instrument.

Ce fameux Yejun avait les yeux rivés sur la partition devant lui, les notes s'enchaînaient sous son fin doigté d'une manière inimitable. Son visage exprimait tous les sentiments qui défilaient dans sa mélodie et il avait un air profondément triste qui le rendait à la fois mystérieux et particulièrement séduisant. Il accentuait certaines notes en frappant la touche d'ivoire avec un désespoir qu'il n'essayait pas de cacher, cela donnait à la musique une dimension bouleversante et véritablement touchante.

Il en était désormais au troisième mouvement de la sonate, sûrement le plus émouvant par la véhémence exprimée. Cela rappelait au jeune garçon l'omniprésence et la violence des tourments qui le rongeaient, sa crainte continuelle que son grand-père l'accueille en lui demandant qui il était... Sans le connaître, Yejun était capable de retranscrire le moindre de ses sentiments, et c'était probablement cela qui chamboulait le plus Jihwan.

Lorsque la musique s'acheva, le petit groupe se désolidarisa peu à peu. Il ne resta plus que quelques vieilles femmes qui remerciaient Yejun de venir si souvent leur tenir compagnie et de continuer d'accepter de jouer sur ce piano. Il leur sourit pour ensuite entamer un court dialogue avec elles qui lui dirent à quel point elles aimaient la musique, plus encore quand elles pouvaient bénéficier d'un de ces petits concerts improvisé.

« Je suis content que ça vous plaise, je reviendrai bientôt.

— T'as intérêt, » gloussa une vieille dame.

Le jeune homme rit franchement et s'inclina devant ses admiratrices avant de ranger sa partition dans son sac. Il descendait de l'estrade quand son regard se posa sur Jihwan qui le salua avec un sourire. Yejun le lui rendit avant de s'approcher de lui.

« Bonjour, je t'avais jamais vu ici, dit-il. T'es le petit-fils d'une des pensionnaires ? »

Il avait une voix grave, traînante mais agréable.

« D'un des pensionnaires, rectifia Jihwan. Je suis souvent là, pourtant je t'avais jamais vu non plus. Tu viens toujours en fin d'après-midi ?

— Oui, toi aussi ?

— Non, en général à la fac, ce sont plutôt les débuts d'après-midi qu'on a de libres. Exceptionnellement aujourd'hui j'ai pu rester un peu plus longtemps.

— Oh, un autre étudiant ? Enchanté… ?

— Jihwan, compléta le garçon en souriant.

— Enchanté Jihwan, moi c'est Yejun.

— Ton public me l'avait déjà dit, plaisanta-t-il.

— Ah oui, effectivement j'ai ici un meilleur public que dans les salles où j'ai l'habitude de me produire.

— Tu donnes des concerts ?

— J'en donnais, admit-il, maintenant je préfère jouer là, c'est plus agréable et je ne fais que des heureux. Tu joues aussi ?

— Un peu de piano, oui.

— Un jour tu voudrais qu'on fasse un morceau à quatre mains ?

— J'ai pas ton niveau, reconnut Jihwan avec une mine gênée.

— Peu importe.

— Non merci, ça me tente pas trop, je préfère t'écouter jouer.

— Comme tu veux. Je dois y aller, mais je passe presque tous les jours à partir de quatre ou cinq heures du soir : hésite pas à revenir.

— D'accord, merci.

— Au revoir, Jihwan.

— Au revoir. »

Le jeune homme s'en alla peu de temps après, un sourire sincère aux lèvres, le cœur tout à coup plus léger. Savoir qu'il pourrait revoir le pianiste le mettait étonnamment de bonne humeur, ça lui donnait, en quelque sorte, une raison de plus de venir voir son grand-père dans la bonne humeur et d'un côté, ça lui semblait réconfortant.

Parce que le lendemain il avait cours, il ne put pas venir, en revanche, le surlendemain étant un samedi, il avait sa journée entière de libre. Ainsi, comme à son habitude, vers trois heures de l'après-midi, il franchit la grande porte de l'entrée de la clinique mais sans marquer cette habituelle hésitation qu'il avait si souvent. Il était serein à l'idée d'entendre de nouveau Yejun jouer. Quand il arriva à la chambre de son grand-père, il toqua doucement – pour être sûr de ne pas le réveiller s'il se reposait – puis entra quand son grand-père répondit.

Le vieil homme était devant la télévision, l'air perdu, observant méticuleusement la télécommande qu'il avait à la main sans sembler savoir quoi en faire ni comment l'utiliser. Ses sourcils froncés indiquaient toutes les questions qui devaient défiler dans sa tête, et Jihwan fut d'emblée peiné de le voir ainsi.

« Papi ?

— Oh, Jihwan, je pensais pas que tu viendrais.

— Il y a deux jours je suis venu et je t'ai dit que je passerais aujourd'hui.

— Ah bon ? Tant mieux. Tu peux allumer la télé ? »

Le garçon acquiesça. Il s'exécuta avant de revenir s'asseoir sur le lit, auprès de son aïeul. Il se rappelait tout ce qu'ils avaient partagé depuis qu'il était né : quand il était enfant, il aimait aller chez lui, d'autant plus que son grand-père, passionné de bricolage, trouvait toujours de quoi l'occuper.

Ensemble, ils avaient fabriqué de petits moulins de papiers sur lesquels ils soufflaient jusqu'à manquer d'air dans leurs poumons, tout ça pour les voir tourner lentement. Ils avaient également créé des sabliers dans le but de se chronométrer lors des divers défis qu'ils se lançaient. Souvent aussi, ils s'armaient de filets et allaient à la chasse aux papillons : ils en attrapaient le plus possible, les mettaient délicatement dans une boîte percée d'une myriade de petits trous et, quand ils en avaient assez, ils soulevaient le couvercle pour voir tout à coup ces insectes aux mille couleurs s'envoler dans un même élan et virevolter dans le ciel autour d'eux.

Ces moments-là étaient magiques, jamais Jihwan ne pourrait les oublier. Or ce tableau parfait avait été terni par la maladie de son grand-père, dont la famille avait pris connaissance quatre ans plus tôt. Cela n'avait pas été douloureux pour le jeune garçon au départ : le vieil homme avait parfois quelques trous de mémoire mais c'était à peine perceptible. Jihwan n'avait pas réellement mesuré la gravité de ce que cela impliquerait dans l'avenir.

En fait, il imaginait à tort que son grand-père allait simplement oublier peu à peu chacun des membres de sa famille et les souvenirs qui leur étaient liés. Bien que cette idée lui ait déjà brisé le cœur, il se disait que malgré tout, le vieil homme pourrait être heureux. Or ce qu'il ignorait, c'était qu'Alzheimer ne se résumait pas à ça, et chaque fois qu'il lui rendait visite, il s'en rendait un peu plus compte : même les gestes les plus banals du quotidien, il ne pouvait plus les effectuer seul. Le simple fait de tenir une conversation censée, il n'en était plus capable qu'en de rares occasions.

C'était cela qui avait dévasté Jihwan. Le jeune garçon, courageux, s'était promis que malgré cette douleur qui le torturait quand il lui rendait visite et le voyait si affaibli, malgré les larmes qui menaçaient à chaque instant de s'échapper de ses yeux, il l'accompagnerait jusqu'au bout. Même le jour où il l'oublierait, Jihwan ne l'abandonnerait pas, car son grand-père avait toujours été là pour lui, ainsi il se devait d'être toujours là en retour, parce qu'il l'aimait, parce qu'il refusait de se laisser aller à pleurer sur son sort et voulait rester optimiste.

Ils regardèrent la télévision quelques minutes durant dans un silence agréable quoiqu'un peu gêné. Jihwan fut celui qui le brisa, proposant une nouvelle fois de jouer aux mots fléchés. Son grand-père ne paraissait pas enthousiaste, mais l'étudiant n'y prêta pas attention et préféra lire la définition la plus simple qu'il put trouver : « monnaie japonaise », en trois lettres et se terminant par un « n ».

« J'ai envie de partir, soupira le vieil homme.

— Dis pas ça, papi, t'es bien ici.

— Quand est-ce que ta grand-mère va venir me rechercher ?

— Tu dois rester là, papi.

— Non je vais partir.

— Arrête de dire ça, mamie pourrait plus s'occuper de toi, tu le sais bien.

— Je m'ennuie ici, continua le plus vieux.

— Essaie de participer aux activités, t'as fait quoi aujourd'hui ?

— J'ai regardé la télé.

— Mais elle était éteinte quand je suis arrivée. »

Suite à la remarque de son petit-fils, le pensionnaire observa un court instant la télévision, puis son regard se posa sur le jeune homme à ses côtés et il plongea, un court instant, dans une profonde réflexion.

« Je veux partir, conclut-il au plus grand désespoir de Jihwan.

— Allons marcher un peu, tu veux bien ? »

Le vieil homme acquiesça. Il prit avec douceur le bras du plus jeune afin de s'y appuyer pour se relever. Le trajet fut court jusqu'au parc et les deux contemplèrent les beautés de l'automne en discutant. Jihwan lui racontait d'agréables souvenirs qu'ils avaient en commun ; des yeux il fixait l'horizon et un voile de nostalgie recouvrait ses iris si expressifs. Parfois, on pouvait entendre dans sa voix quelques trémolos qui trahissaient toute sa peine, mais il les dissimulait derrière une fausse quinte de toux, ne souhaitant pas que son grand-père se sente coupable de lui causer une telle douleur ; après tout il n'y pouvait rien, personne n'y pouvait plus rien.

Tous ses souvenirs lui apparaissaient comme entourés d'une brume faite de bonheur pur, il pouvait presque entendre les échos envoûtants des voix du passé et se plaisait à décrire à son grand-père ces beaux instants qui resteraient à jamais gravés en lui.

Quand une brise un peu plus fraîche que les autres fit frissonner le vieil homme, Jihwan décida qu'il était l'heure de rentrer. Il était aujourd'hui encore resté un peu plus longtemps qu'à l'accoutumée, et comme l'avant-veille, lorsqu'il arriva au troisième étage, une douce mélodie s'éleva. C'était la même mélodie que la dernière fois, cette même sonate que Yejun jouait. Jihwan proposa à son grand-père d'aller assister à ce petit concert, mais l'homme déclina l'offre : il était fatigué et voulait aller regarder la télévision. Ainsi, après lui avoir allumé l'écran, son petit-fils le salua, lui assurant qu'il reviendrait prochainement.

« Tu peux pas savoir comme je suis heureux de t'avoir, mon chéri. »

Et le cœur de Jihwan se brisa quand il imagina qu'un jour, son grand-père si affectueux le regarderait comme un parfait inconnu. Il songea cependant qu'à ce jour au moins, il lui était précieux, et c'était tout ce qui devait lui importer pour l'instant.

Jihwan lui sourit et lui dit à quel point il l'aimait, fermant avec délicatesse la porte derrière lui, le cœur lourd.

Il se rendit à la salle commune où il trouva de nouveau Yejun, entouré de son habituel public. Parce que la scène était basse et que jouer assis impliquait de l'être encore plus, Jihwan dut de nouveau se frayer un chemin jusqu'aux premiers rangs pour l'apercevoir. Ce fut alors qu'il remarqua à ses côtés la vieille dame avec laquelle il prenait plaisir à discuter et à qui il adressa un sourire.

« Dois-je comprendre que notre Yejun a un nouveau fan ? lança-t-elle avec malice.

— Pourquoi encore cette musique ? demanda simplement Jihwan.

— Viens... »

Elle lui prit la main et l'attira un peu à l'écart de cette petite foule. Ils prirent place à une table à quelques mètres de là et Jihwan s'empressa de servir un verre d'eau à la vieille dame quand elle lui en réclama poliment un.

« T'es un véritable amour, Jihwan. Comme Yejun.

— Ça fait longtemps qu'il vient ici ?

— J'en ai aucune idée, admit-elle, il venait déjà là régulièrement à mon arrivée. Tu sais, je ne suis là que depuis deux mois.

— Il venait jouer du piano ?

— Non, il n'en joue que depuis trois semaines environ.

— Il joue toujours cette musique ?

— Oui, toujours la même.

— Pourquoi ?

— Pour qui, tu veux dire. »

Il hésita à lui poser la question, mais elle répondit avant qu'il n'ait le temps de le faire, indiquant une vieille femme du menton, une dame très mince et petite devant la scène qui semblait se délecter de chacune des notes qu'elle entendait.

« C'est sa grand-mère, reprit-elle, et cette sonate est son air préféré, alors c'est pour elle qu'il joue, parce qu'il veut continuer de lui faire plaisir.

— Comment ça « continuer » ?

— Il y a trois semaines, il a commencé à jouer du piano pour elle parce qu'il y a trois semaines, elle a oublié qui il était pour elle. »

Ce ne fut qu'à ce moment que la ressemblance entre les deux membres de cette même famille sauta aux yeux de Jihwan ; effectivement, la grand-mère de

Yejun avait le même regard que lui et ses traits aussi étaient semblables.

« Ce jour-là je l'ai vu ressortir de sa chambre, l'air ahuri, complètement déboussolé, puis il a fondu en larmes, se laissant glisser contre le mur à côté de la porte. Il est resté plusieurs minutes comme ça, les bras autour de ses genoux ramenés contre son torse, et le visage baissé pour cacher ses larmes. Je crois qu'il avait pas imaginé que ce serait si douloureux.

« Depuis ce jour, dès qu'il le peut, il vient et joue pour elle sans qu'elle le sache. Peut-être qu'au fond d'elle, elle sent que Yejun est quelqu'un qui a de l'importance à ses yeux, mais elle le perçoit en tous cas comme un inconnu. Lui, tout ce qu'il veut, c'est la voir heureuse. Parfois, quand elle vient lui parler pour le féliciter de sa virtuosité, on peut sentir une profonde émotion s'emparer de lui. Je sais pas si c'est réconfortant ou plus douloureux encore pour lui, admit-elle, mais pour elle, c'est un bonheur de l'entendre jouer, alors il vient. Inlassablement. »

Jihwan en avait les larmes aux yeux, et cela lui fit comprendre à quel point lui et ce jeune homme étaient semblables. Il fut touché de ce que Yejun faisait et admirait sa dévotion.

Quelques minutes plus tard, quand retentirent les dernières notes, il se leva pour rejoindre le pianiste après l'avoir laissé discuter avec quelques pensionnaires. Yejun l'aperçut et lui adressa un bref signe de la main avant de venir se poster devant lui, un mince sourire aux lèvres.

« Alors, Jihwan, t'es revenu m'écouter ? Toujours pas décidé à faire un petit duo.

— Non désolé, sourit-il.

— Je continue d'espérer, tant pis. Il faut que j'y aille, on se...

— Tu pars par où ? le coupa Jihwan.

— Je dois aller prendre le bus à l'arrêt devant la clinique.

— Je te suis. »

Ils n'eurent que quelques minutes pour discuter, mais Jihwan en apprit un peu plus à son sujet. Il fut presque soulagé de trouver ici quelqu'un comme lui, quelqu'un capable de le comprendre et de le soutenir, quelqu'un que lui-même pourrait en retour comprendre et soutenir.

Les jours s'écoulèrent ; l'hiver arriva, amenant avec lui la morosité, le froid et le mauvais temps. Yejun se sentait de plus en plus proche de son cadet qui avait réussi à convaincre son grand-père de venir écouter le pianiste jouer après les balades qu'ils s'accordaient.

C'était un brave vieil homme que Yejun avait tout de suite apprécié, d'autant plus que la sonate qu'il jouait toujours lui plaisait, ce qui avait su rendre Jihwan heureux. Celui-ci arrivait toujours alors que le petit concert de Yejun avait déjà débuté, de sorte que le pianiste s'était avec étonnement rendu compte qu'il surveillait la large entrée de la salle commune dès que retentissaient ses premières notes.

Noël arriva. Toute la soirée qui précédait celle du réveillon, Yejun avait joué des chants de Noël en les entonnant joyeusement avec les pensionnaires et Jihwan, venu avec son grand-père pour se joindre au petit groupe.

Janvier passa de la même façon, les deux garçons avaient commencé à se fréquenter en dehors de la clinique, ils étaient devenus de vrais amis. Rares étaient les jours où ils ne se voyaient pas, plus encore depuis qu'ils avaient appris qu'ils étudiaient dans la même université.

Un dimanche de mars, alors que la nature entamait sa renaissance, Yejun arriva à la même heure que d'habitude, son sac avec sa partition sur le dos. Il s'installa devant le piano sous le regard attentif des pensionnaires, et d'une en particulier dont les yeux avaient toujours l'air de le reconnaître sans le faire vraiment. Il déglutit avec difficulté en se rappelant les doux moments passés avec sa grand-mère, songeant qu'elle, elle avait tout oublié de lui jusqu'à son existence, alors même que c'était elle qui l'avait toujours encouragé à poursuivre ses rêves. Elle qui l'avait poussé à apprendre le piano. C'était pour elle qu'il jouait, et cela lui faisait un bien incommensurable de pouvoir exprimer toutes ses émotions dans ses notes. Il avait la sensation de libérer ainsi son cœur serré, cela lui semblait être le seul réconfort qu'il pouvait trouver.

Étant enfant, il avait déjà une immense fascination pour cet instrument, sans lui il n'était rien. Jouer lui avait permis de surmonter de nombreuses épreuves ; sa peine ne faisait pas exception. Il fit donc craquer ses doigts, les déposa avec souplesse sur le clavier, mais alors qu'il s'apprêtait à jouer sa première note, quelqu'un s'assit sur le tabouret de cuir sombre à ses côtés.

C'était Jihwan, le dos courbé par le poids de la douleur, les poings et la mâchoire serrés, le corps tremblant sous l'effet des sanglots qu'il essayait de retenir et le visage rougi par les larmes qui coulaient le long de ses joues. Le chagrin lui donnait un air vulnérable, enfantin, qui toucha profondément son ami.

« T'as finalement décidé de venir jouer un duo avec moi ? » murmura Yejun d'un ton triste, conscient de ce qui venait d'arriver.

Jihwan était désemparé. Parce qu'il ne parvenait plus à retenir sa peine, il fondit en larmes, attristant horriblement le pauvre Yejun qui ne sut pas quoi faire à part le prendre dans ses bras.

Il savait quelle était cette douleur pareille à celle d'un poignard qu'on vous plantait dans le cœur. Il savait ce que cela faisait que de voir un être qu'on chérissait de toute son âme vous regarder en vous demandant qui vous étiez. Il savait, oui il savait, et aux larmes du plus jeune se joignirent les siennes tandis qu'il le tenait contre lui dans l'espoir vain de lui apporter un quelconque réconfort. Il se sentait impuissant, incapable de faire quoi que ce soit pour le consoler, incapable de prononcer le moindre mot. Alors que le plus jeune le serrait désespérément contre lui, Yejun se revit, lui, assis devant cette porte le jour où lui-même avait été effacé de la vie de sa grand-mère.

Sa gorge se noua, son cœur s'emballa, son torse se souleva de façon anarchique alors qu'il essayait de se calmer. Il se mordait l'intérieur de la joue afin de se montrer fort pour Jihwan. Ce dernier se moucha et déposa à son tour les doigts sur le clavier, enfin prêt à entamer ce fameux duo avec Yejun, susurrant dans un souffle et d'une voix éraillée détruite par les sanglots :

« Il m'a oublié. »

Son sourire angélique

 Bah alors, Lee, t'as pris du poids je me trompe ? Encore quelques kilos et tu pourras même plus refermer ta braguette. »

Les yeux fixés sur le miroir, Jeon Junwoo[1] ignora parfaitement les moqueries de son aîné qui, de son côté, attendait une réaction de sa part. Constatant que sa pique n'avait pas eu l'effet escompté, il n'hésita pas à en envoyer une de plus – Junwoo ne les comptait même plus, à force.

« En même temps, tu me diras, ça se voit à tes petites joues de lapin que t'as pris ces dernières semaines. Y a quelque chose qui va pas ? C'est pour ça que tu te réfugies dans la bouffe ? »

Jihwan, l'œil amusé et un large sourire aux lèvres, toisait d'un air hautain son cadet qui continuait de se préparer comme s'il n'avait rien entendu. Lorsqu'il fut entièrement vêtu, Junwoo vérifia une fois de plus son apparence dans le long miroir qui lui permettait de détailler de haut en bas sa silhouette élancée.

---

[1] *En Corée le nom de famille (Lee) est généralement placé avant le prénom (Junwoo).*

C'était un beau jeune homme d'une vingtaine d'années. Ses cheveux noirs étaient coiffés selon les standards qu'imposait la mode et quelques touches de maquillage venaient mettre son regard hypnotisant en valeur. Les piercings à ses oreilles et les divers bijoux qu'il avait enfilés aux doigts et aux poignets apportaient une touche de fantaisie à sa tenue qu'on pourrait qualifier de banale, même si elle lui allait divinement bien. Il en avait fait chavirer, des cœurs, mais aucun ne lui importait plus que celui du garçon qu'il s'apprêtait à retrouver.

Ça lui permettrait de fuir pendant au moins quelques heures l'environnement anxiogène qu'était devenu ce studio où il ne se sentait pas chez lui. Il avait été heureux d'imaginer pouvoir emménager seul et avoir un peu d'indépendance, cependant il avait fallu que ses parents lui imposent Jihwan. Si au début sa présence n'avait pas été un fardeau, elle l'était très vite devenue. Le jeune garçon subissait les moqueries et les brimades de son aîné chaque jour depuis exactement deux mois.

Il avait la sensation d'être mentalement à bout. Si le garçon qu'il considérait comme son premier coup de foudre n'était pas revenu dans sa vie par un heureux hasard quelques semaines plus tôt, il aurait sans doute craqué. Par chance, Taeil lui donnait la force de continuer à ignorer toutes ces ignominies qu'il entendait à longueur de journée.

Satisfait de sa tenue, Junwoo adressa un léger sourire à son reflet, sourire que Jihwan, assis sur le lit près de lui, ne manqua pas de remarquer. Le jeune homme avait les cheveux en bataille, le teint pâle mais l'œil malicieux. Il était pour sa part habillé de vêtements sobres qu'il avait l'habitude de porter et qui lui donnaient un air d'étudiant sage.

« Rassure-moi, Junie, tu crois quand même pas que Tae va vouloir te baiser en te voyant arriver dans cet accoutrement, si ?

— Ferme-la, répliqua Junwoo la mâchoire crispée.

— Oh pauvre chou, je t'ai vexé ? »

Junwoo se mordit la langue pour éviter de répliquer : se lancer dans une joute verbale avec Jihwan était la pire chose à faire, il n'en avait pas la moindre envie. Il décida donc de reprendre son attitude détachée et garda le silence tandis qu'il recoiffait quelques-unes de ses mèches folles. Il vérifia ensuite d'un coup d'œil l'heure qu'affichait son portable : il allait être en retard à son rendez-vous si ça continuait...

Il fila donc de chez lui après avoir attrapé son sac à dos, sans adresser un mot de plus à Jihwan qui ne manqua pas de lui lancer une dernière pique avant qu'il n'ait eu le temps de fermer la porte. Une fois seul dans le couloir, il poussa un long soupir et s'adossa quelques instants au mur.

Il se mordit la lèvre inférieure pour empêcher une larme traîtresse de lui échapper puis leva les yeux comme si ça pouvait l'y aider. Le jeune étudiant se murmura pour lui-même un « courage » aux accents désespérés et s'en alla, songeant qu'une fois à l'extérieur, l'air pollué serait sans doute plus respirable que celui de son appartement.

Junwoo et Taeil s'étaient connus alors qu'ils étaient encore enfants : leurs parents étaient amis et voisins, ils organisaient souvent des dîners chez les uns et chez les autres, dîners au cours desquels Junwoo était toujours ravi de retrouver Taeil qui était devenu dès leur première rencontre son ami. Puis un soir, alors que les adultes discutaient et riaient au salon, alors que les deux garçons jouaient à la console dans la chambre de Taeil, alors que c'était une soirée comme ils en avaient tant connu, Junwoo s'était rendu compte qu'il était tombé amoureux de son aîné. De son meilleur ami. D'un garçon.

Mais pas n'importe quel garçon : un garçon d'une gentillesse exemplaire, d'un calme olympien, d'une générosité sans limites. Un garçon au sourire si déstabilisant que Junwoo sentait son cœur s'écrouler chaque fois qu'il avait le droit à cette mimique si caractéristique venant de Taeil. Il était tombé éperdument amoureux de lui.

Des années durant il avait tout fait pour ne rien laisser paraître, pour que Taeil ne se rende compte de rien et qu'ainsi leur amitié soit préservée. Et alors que Junwoo n'avait que quatorze ans, son aîné avait dû quitter la ville avec sa famille. Taeil ne lui avait pas même laissé un numéro de téléphone, il s'était simplement évanoui du jour au lendemain. Jusque là il n'avait pas été nécessaire pour eux de pouvoir échanger par messages : leurs deux familles se voyaient une fois par semaine – parfois moins, même si ça demeurait rare –, quelle utilité donc d'avoir le numéro de l'autre ?

Junwoo s'était senti trahi, anéanti : Taeil ne l'avait même pas prévenu qu'il allait quitter Busan. Longtemps il était resté amer, longtemps il lui en avait voulu. Il s'était renfermé, il avait mis ce silence de Taeil sur le compte des sentiments : si son aîné s'était rendu compte que Junwoo l'aimait, ça expliquait pourquoi il avait voulu couper les ponts définitivement. Il ne voulait simplement pas de lui, c'était sa manière à lui de le rejeter.

Ainsi, à la colère s'était substituée la peine. Junwoo avait eu honte de ce qu'il était, de ce qu'il ressentait. Il avait songé que son amour avait été contre nature, raison pour laquelle Taeil était parti. L'adolescent s'était senti sali par ce rejet si brutal.

Jihwan était entré dans sa vie quelques semaines plus tard, quand Junwoo s'était rendu compte que c'était ce jeune garçon au sourire jovial qui avait emménagé dans la maison voisine, là où Taeil vivait avant son départ. Malheureusement, Junwoo ne s'était pas aussi bien entendu avec lui qu'avec Taeil – et c'était peu dire. Leurs parents n'avaient jamais rien remarqué, et si la relation des deux jeunes gens avait été tendue dès le départ, elle l'avait été plus encore quand il s'était avéré que Jihwan était le meilleur ami d'enfance de Taeil.

Impossible pour l'un et l'autre de s'entendre, et pourtant, puisque leurs parents n'y voyaient que du feu – car les deux faisaient mine de s'apprécier devant eux –, ils avaient cru leur faire plaisir en leur offrant ce petit studio où ils pourraient vivre en colocation durant leurs années à l'université.

L'un comme l'autre, les deux garçons en étaient restés cois. La nouvelle les avait rendus muets, mais dans le regard qu'ils avaient échangé à cet instant, on avait pu voir brûler toute la haine qu'ils se portaient mutuellement. C'était une haine ardente au point qu'elle aurait pu enflammer leur âme si la présence de leurs parents n'avait pas éteint ce monstrueux brasier qui hurlait en eux.

Et depuis, c'était un enfer quotidien que l'un faisait vivre à l'autre.

Junwoo avait trouvé son salut dans le retour de Taeil, retour qui lui avait permis de retrouver la sensation de respirer un peu, lui qui se voyait étouffer dans ce studio où depuis bien longtemps il ne se sentait plus chez lui. Qui sait où il en serait aujourd'hui s'il n'avait pas trouvé en son aîné une source de réconfort et d'évasion ? Ses sentiments s'étaient ravivés dès lors que celui qu'il aimait était revenu, si bien qu'il en avait aussitôt oublié toute la rancœur qu'il avait si longtemps éprouvée.

Tout ce qui avait compté, c'était que désormais Taeil était là, de nouveau devant lui, en chair et en os, plus beau encore que lorsqu'ils s'étaient quittés des années plus tôt. Rien n'importait plus que ça, rien n'importait plus que lui. Le cœur de Junwoo battait toujours avec la même intensité que le jour où il s'était aperçu de ses sentiments. Les flammes de leur vieille complicité avaient été ranimées aussitôt qu'ils s'étaient revus et désormais Junwoo attendait le bon moment pour lui avouer ses sentiments.

Un seul problème persistait : il continuait de craindre que ce ne soit ces sentiments qui aient éloigné Taeil de lui des années plus tôt, raison pour laquelle il était effrayé à l'idée de lui parler. Les problèmes qu'il avait avec Jihwan étaient loin d'apaiser son esprit déjà tourmenté et le jeune garçon n'était finalement qu'une monstrueuse boule d'angoisses. Il était pareil à une pelote de laine formée des nœuds qui lui serraient l'estomac jour après jour.

Sa vie était devenue insupportable, par chance le retour de Taeil l'avait rendue tolérable. Il avait inconsciemment été son sauveur.

Junwoo secoua la tête quelques instants afin de se rafraîchir les idées malgré la canicule estivale. Un profond soupir lui échappa – il ne les comptait plus – et il se mit en route. Taeil lui donnait toujours rendez-vous dans le même petit café : les deux jeunes gens habitaient à une dizaine de minutes de marche et cet endroit se situait presque exactement à la moitié du chemin qu'il leur fallait parcourir pour aller chez l'autre.

Ils s'y rendaient plus pour une question pratique que parce que l'endroit leur plaisait, même si l'ambiance de ce petit café leur était fort agréable et parvenait à détendre Junwoo mieux que quoi que ce soit d'autre – à l'exception de la présence de Taeil.

« Junie ! »

Plongé dans ses songes, l'appelé redressa aussitôt la tête pour se rendre compte qu'il était tout près du café et qu'il avait bel et bien entendu la voix de Taeil qui, un peu plus loin, lui faisait désormais signe de manière joyeuse. Ravi de le voir aussi souriant à l'idée qu'ils se retrouvent, il accéléra le pas pour venir se planter devant son ami qui le serra brièvement dans ses bras.

« Comment tu vas ? s'enquit Taeil qui ne s'écarta de lui que pour poser les mains sur ses épaules dans un geste tendre.

— Bien, et toi ?

— Y a des jours où ça va mieux que d'autres, mais toi t'as sérieusement pas l'air en forme. T'es sûr que ça va ?

— Oui je te dis. »

Il avait beau l'affirmer, son regard fuyant niait. Le visage de Taeil changea alors pour prendre un air profondément peiné. Il avait conscience que Junwoo traversait des moments difficiles, il s'était promis d'être là pour le soutenir. Il n'hésita donc pas un instant à l'enlacer une fois de plus malgré la réticence timide de son cadet qui se sentait honteux de montrer ainsi sa faiblesse.

Pourtant il en avait besoin. Il avait besoin que Taeil le serre dans ses bras, lui promette que ça finirait par aller mieux, que tout ça cesserait tôt ou tard et que ce jour-là il se sentirait revivre. Il avait besoin que Taeil lui dise mille gentillesses, lui affirme qu'il était quelqu'un de bien, quelqu'un qui comptait beaucoup pour lui, quelqu'un qu'il aimait de tout son cœur.

Junwoo n'était pas naïf, il savait que ce n'était pas du même « amour » que lui ressentait qu'il était question dans les propos de son aîné, malgré tout ça lui faisait du bien. Taeil était sa seule raison de sourire. Son étoile.

Ils passèrent un long moment ensemble à discuter de tout et de rien – surtout de rien. C'était un bonheur pour Junwoo d'écouter Taeil parler de son quotidien, de savoir qu'il allait bien et que sa vie se déroulait de manière paisible. Il oubliait ses soucis quand il écoutait son aîné parler et l'observait sourire aux anecdotes amusantes qu'il lui contait dans l'espoir de le faire rire. Et ça fonctionnait toujours : Junwoo gloussait, riait parfois à gorge déployée. Pour l'un et l'autre c'était un moment qui leur permettait de se sentir bien et de s'évader d'un quotidien parfois compliqué.

Ça faisait des heures qu'ils discutaient ensemble lorsque Taeil s'excusa : il devait rentrer chez lui, ses parents l'attendaient pour dîner. L'étudiant en effet, alors qu'il avait songé à habiter seul en revenant à Busan avec sa famille, avait finalement changé d'avis pour rester auprès de ceux qu'il aimait. Il appréciait d'être entouré et il ne se sentait pas capable pour l'instant de vivre sans eux.

« Je suis désolé, s'excusa-t-il une fois de plus en constatant que Junwoo n'était pas en mesure de cacher le dépit et la détresse qu'il ressentait et qui se lisaient sur les traits harmonieux de son visage délicat. Mais si tu veux on peut se revoir demain soir, ça t'irait ?

— Oui, merci beaucoup. »

Le regard brillant de gratitude sans même s'en rendre compte, Junwoo lui sourit de manière reconnaissante. Taeil se pencha vers lui pour lui embrasser affectueusement la joue, geste qui fit rougir furieusement le jeune homme qui baissa aussitôt la tête en bégayant quelque chose de parfaitement incompréhensible. Il salua rapidement Taeil avant de filer en direction de son immeuble, le cœur si léger qu'il en avait oublié pourquoi il cherchait à tout prix à fuir cet endroit maudit.

« Bah dis-moi Junwoo, t'as l'air encore plus con que d'habitude ; ton crush t'a pris dans ses bras ? se moqua une voix qu'il connaissait bien dès lors qu'il franchit le seuil de son appartement.

— Laisse-moi, soupira Junwoo, je suis fatigué.

— Moi non. Par contre t'as pas fait la vaisselle, faudrait penser à se bouger le cul au lieu d'aller l'agiter sous les yeux de Taeil, tu crois pas ?

— Mais je ne... »

Junwoo se coupa en voyant le tas de vaisselle sale qui patientait dans l'évier de leur petite cuisine. Il avait tout lavé juste avant de partir voir Taeil : Jihwan s'était visiblement fait à manger pendant son absence... et attendait de lui qu'il nettoie tout.

« Allez, je te laisse, je vais regarder des vidéos sur mon tél. M'emmerde surtout pas sinon tu me le paieras. »

Junwoo songea qu'il avait au moins de la chance que tout ne soit toujours que des mots : jamais son aîné ne l'avait frappé. Jihwan n'était pas assez stupide pour laisser sur son corps les marques de la haine qu'il éprouvait pour lui, et puis il serait bien incapable de le faire souffrir physiquement.

Le cadet se rendit donc à la cuisine et fit la vaisselle en silence, la mort dans l'âme en dépit du merveilleux rendez-vous qu'il avait vécu avec Taeil à peine quelques minutes plus tôt. Il se sentait tellement mal…

D'un pas traînant et une fois la vaisselle terminée, Junwoo alla au salon. Il n'avait aucune envie de se rendre dans sa chambre, surtout si c'était pour y subir le harcèlement infernal que lui faisait vivre son colocataire. Il se laissa tomber mollement sur le canapé et dirigea son regard vide sur l'étagère : les deux garçons y avaient déposé des photos d'eux, de leurs amis, de leur famille.

Le regard de Junwoo se posa sur l'une des photos qui laissaient apparaître son bourreau. Il y apparaissait avec un air d'une angélique douceur, entouré par des parents qui semblaient fiers de lui. Son sourire affinait ses yeux jusqu'à n'en faire que deux minces croissants de lune qui lui donnaient une mine insouciante et innocente. La petite famille rayonnait de bonheur, on devinait sans mal que c'était des gens à qui tout souriait.

Junwoo sentit ses yeux le piquer, son nez également, et sa gorge se serrer. Il renifla à plusieurs reprises pour étouffer un sanglot dont il espérait que Jihwan ne l'entendrait pas. Au terme de longues secondes d'une bataille perdue d'avance, il craqua. Les larmes coulèrent, sa respiration se fit erratique et il enfonça son visage ravagé par la douleur entre ses paumes enfantines. Ses pleurs secouaient violemment son corps, il se sentait au plus profond des abysses du désespoir.

C'en était tout simplement trop, il en avait marre, tellement marre. Il ferait n'importe quoi pour que tout cesse, si seulement il avait une solution…

Jihwan ne quitta pas la chambre de la soirée, Junwoo pour sa part demeura sur le canapé où il pleura longuement. Chaque fois qu'il croyait ses larmes taries c'était pour voir sa peine revenir l'assaillir plus vivement encore. Elle ne l'abandonna qu'après l'avoir parfaitement détruit ; Junwoo, épuisé par ses sanglots, s'endormit inconfortablement allongé sur ce sofa témoin de sa détresse.

Lorsque le jeune garçon s'éveilla, il avait l'impression que tout tournait autour de lui, véritable matérialisation de cette spirale infernale dans laquelle il se sentait coincé. Un vertige soudain le prit, il en eut un haut-le-cœur. Son corps était douloureux, atrocement douloureux. Ce n'était pas seulement la souffrance due à quelque crampe que lui aurait laissée le canapé, c'était beaucoup plus aigu.

La douleur se fit féroce, Junwoo poussa un gémissement en posant par réflexe la main sur son poignet. Pas une marque, pas un bleu, mais ça faisait mal, si atrocement mal !

Il ferma les yeux, la mâchoire crispée et les sourcils froncés. Rien ne lui permettait de taire cette douleur terrible. Des larmes lui échappèrent, glissèrent le long de ses joues rondes et tombèrent finalement, brûlantes, sur la peau pâle de ses avant-bras.

Lorsque Junwoo rouvrit les yeux, ce n'était pas ses larmes sur ses poignets, c'était du sang. De minuscules gouttelettes avaient roulé sur sa peau, mais désormais c'était un fin filet pourpre qui dégoulinait et qui faisait mal, si atrocement mal.

Junwoo paniqua immédiatement. Il se releva ; le sang coula sur le canapé, plusieurs gouttes éclaboussèrent le parquet lorsqu'il voulut s'en débarrasser d'un geste brusque. Il ne pouvait pas lui échapper ; le sang coulait, coulait, et Junwoo avait mal, si atrocement mal.

Il voulut appeler à l'aide mais son cri demeura coincé dans sa gorge. Il voulut aller chercher quelqu'un mais son corps ne lui obéissait plus, affaibli par l'importante perte de sang. Il voulait aller à la salle de bains nettoyer son corps, nettoyer son âme, mais il ne pouvait pas avancer et il était déjà trop tard, bien trop tard.

Junwoo sentit ses genoux céder, il s'effondra sur le sol dans un halètement surpris auquel se mêlait un sanglot. Il était tétanisé par la peur, par la peine et par la douleur, car il avait mal, si atrocement mal.

Aux bras, au cœur. Il avait mal partout.

Un cri lui échappa lorsqu'il eut la sensation que la souffrance lui lacérait les poignets. Aussitôt il se redressa, enfin sorti de ce cauchemar. Il était assis sur le canapé, le corps trempé de sueur et de larmes. La respiration sifflante, il tenta de retrouver ses esprits avant de céder à la détresse et d'éclater une fois de plus en sanglots.

Il vivait un enfer, c'était insoutenable. Il en avait marre de ce cauchemar devenu récurrent ces dernières semaines. Il n'en pouvait plus de cet abominable quotidien dans lequel il avait la sensation d'étouffer comme s'il s'y noyait. C'en était trop.

Que pouvait-il faire ? Il n'y avait aucune solution... excepté celle de son cauchemar, mais il ne voulait pas s'y résoudre – du moins pas encore. Il voulait croire qu'après la tempête reviendrait le soleil. Il voulait croire que ses maux finiraient par s'apaiser. Il restait en lui cette maigre étincelle d'optimisme à laquelle il faisait tout pour se raccrocher désespérément. Il en avait besoin, c'en était devenu vital.

Junwoo se sentait engourdi, son corps était courbaturé et il était nauséeux. Il avait l'impression de sentir l'odeur répugnante du sang de son cauchemar. Un haut-le-cœur le poussa à aller à la salle de bains. Il y eut à peine posé le pied que son estomac se retourna violemment et que le pauvre vomit tout ce qu'il avait avalé la veille. C'était bien peu de choses, ça faisait longtemps qu'il n'avait plus d'appétit et qu'il maigrissait à vue d'œil – Taeil lui-même lui avait fait la remarque quelques jours plus tôt, ce à quoi Junwoo avait répondu en prétendant faire un régime.

Peu inquiet d'avoir sali le carrelage que Jihwan lui demanderait sans doute de relaver, Junwoo marcha d'un pas lent et traînant jusqu'à la cuisine où il se servit un verre d'eau grâce auquel il se rinça la bouche, incapable de rester dans la salle de bains.

L'odeur âcre qui s'en dégageait désormais menaçait de lui faire rendre une seconde fois le contenu de son maigre estomac. Junwoo tremblait de fatigue et de détresse.

Une fois la bouche propre, il but quelques gorgées d'une eau bien fraîche et se servit également un verre de soda dont le goût sucré lui caressa les papilles. Ça avait quelque chose de réconfortant...

« Te faire gerber, sérieux ? C'est le seul moyen que t'as trouvé pour maigrir un peu ? »

Junwoo voulut se fracasser la tête contre l'évier en face de lui : s'il y avait bien quelqu'un qu'il voulait à présent éviter, c'était lui, Jihwan.

« S'il te plaît, souffla-t-il faiblement, laisse-moi, je me sens pas bien.

— Je comptais pas m'éterniser, je suis crevé et tu m'as réveillé avec tes conneries. Par contre tu laveras la salle de bains, ça pue c'est dégueulasse.

— Oui, promis.

— Et tu la laveras pas demain, hein, t'y vas tout de suite.

— Ça, ça va pas être possible.

— Bah faudra bien que ce le soit, parce que je vais sûrement pas le faire à ta place et il est hors de question que cette flaque immonde soit encore là quand je me lèverai demain.

— Je me sens pas bien, répéta Junwoo en sentant sa voix trembler.

— Pauvre chou, bah tu feras le ménage ça te changera les idées. »

Junwoo n'eut pas le temps de répliquer que déjà son aîné s'en allait. Le jeune homme se sentait misérable, ici, en plein milieu de la nuit, le visage baigné de larmes. Inutile de les essuyer, elles revenaient sans cesse. À quoi bon lutter ?

Tremblant, Junwoo reposa son verre dans l'évier avant de regagner le canapé sur lequel il se laissa lourdement tomber. La nuit était pesante, le noir l'effrayait et le silence revenu depuis le départ de Jihwan était atrocement oppressant. Sans s'en rendre compte le jeune garçon dirigea doucement son regard vers les photos sur l'étagère de la pièce. Le sourire de Jihwan lui donnait un air si angélique, si innocent.

« Je voudrais tellement que ça cesse, murmura Junwoo en sentant ses larmes glisser lentement jusqu'à son menton. J'en ai tellement marre… »

Allongé sur le canapé, frigorifié, il ravala un nouveau sanglot et ferma les yeux dans l'espoir de se sentir rapidement un peu mieux. Il s'endormit aussitôt, épuisé qu'il était.

~~~

Le pauvre jeune garçon fut réveillé en sursaut quelques heures plus tard par une exclamation écœurée de Jihwan qui s'agaçait que le sol n'ait pas été nettoyé. Junwoo eut à peine le temps d'ouvrir les yeux que déjà son aîné déboulait dans la pièce en pestant.

« J'irai laver, promis, murmura Junwoo en s'asseyant dans un mouvement lent.

— Non, t'iras pas laver, tu vas laver : tout de suite.

— Je suis pas bien, je ne…

— Mais je m'en fous, putain ! »

Junwoo sursauta lorsque Jihwan haussa le ton. Un instant il crut que son colocataire allait venir l'attraper pour le tirer jusqu'à la salle de bains. Il en eut si peur qu'il finit par acquiescer en déglutissant nerveusement. Il se redressa, ignorant ses jambes tremblantes, et marcha jusqu'au couloir d'où s'élevait une odeur pestilentielle. Jihwan avait raison, l'air ici était irrespirable. Pas étonnant qu'il se soit à ce point énervé.

L'étudiant en eut envie de vomir une fois de plus, ces relents étaient affreux.

Il passa de longues, beaucoup trop longues minutes à nettoyer le carrelage. Une fois sa tâche terminée, il était pâle et tremblant ; lorsqu'il se releva il se sentit pris d'un vertige effrayant. Sa tête tourna ; ce fut en titubant qu'il regagna la chambre où Jihwan se trouvait.

« Bah alors, Jun, t'as déjà fini de laver ?

— Oui, c'est fait.

— Bien. »

L'air satisfait, Jihwan revint à l'écran de son portable auquel il était scotché, allongé sur le lit. Junwoo s'assit au bord du matelas, il tenta de prendre de profondes respirations pour calmer son malaise.

« Allez, râla Jihwan, meurs une bonne fois pour toutes, j'en ai marre de t'entendre te plaindre. »

La brutalité de ces propos envoya un poignard dans le cœur de Junwoo qui ne chercha même pas à répondre à cette haine viscérale que lui vouait Jihwan. Il l'ignora et s'allongea simplement, taisant comme il le pouvait de nouvelles larmes qui cherchaient à poindre dans son regard charbonneux.

La journée fut longue, Junwoo avait l'impression qu'elle ne se terminerait jamais. L'atmosphère était lourde entre Jihwan et lui qui avaient passé une bonne partie de leur temps dans la même pièce. Vulnérable, Junwoo avait dû encaisser bon nombre d'attaques au sujet de son physique, de ses sentiments, de sa personnalité, etc. C'était un déluge quotidien qui s'abattait sur lui et dont il avait malheureusement l'habitude désormais.

Jihwan ne l'épargnait pas. Au fond de lui Junwoo savait qu'il était condamné à subir les assauts de ses insultes encore un long moment.

Fatigué, Junwoo se prépara pourtant aussi correctement qu'il le put. Aller voir Taeil était la seule raison pour laquelle il songeait qu'il ne pourrait pas qualifier cette journée de pleinement désastreuse. Il tenta donc tout naturellement de camoufler les marques de son épuisement et de son mal-être, bien que cela se révèle vain. Le maquillage ne pouvait pas faire de miracles.

« Laisse-moi voir... non, t'es toujours aussi moche, songea Jihwan à voix haute.

— Ouais, ouais, si tu veux.

— Tu comptes parler à Taeil ?
— Laisse-moi.
— Quand est-ce que tu vas tout lui dire ?
— Tais-toi.
— De toute façon je suis sûr qu'il s'en doute déjà.
— Arrête ! »

Le sourire mesquin de l'aîné effraya Junwoo qui baissa aussitôt les yeux et termina de dissimuler ses cernes. Jihwan en attendant avait croisé les bras contre son torse et le toisait d'un regard lourd, plus pesant que n'importe quel fardeau. Junwoo eut la sensation d'étouffer, si bien que dès qu'il le put il fila chercher ses affaires.

Il quitta l'appartement quelques instants plus tard, sous le regard de son colocataire qui n'avait pour une fois pas prononcé un mot et s'était contenté de l'observer partir, une étincelle étrange dans les pupilles.

~~~

« Mon Junie ! »

Junwoo serra puissamment son meilleur ami contre lui, étreinte que Taeil lui rendit avec une tendresse peinée. Il sentait bien que son ami n'allait pas bien une fois de plus.

« Tu veux en parler ? lui proposa-t-il.
— Non… est-ce qu'on peut juste passer un bon moment ensemble ?

— Bien sûr. Et si t'as besoin de t'exprimer je suis là, n'aie pas peur.

— Merci beaucoup. Mais là j'ai juste envie de me remplir l'estomac en ta compagnie.

— C'est un bon programme ça aussi. »

Un sourire fut échangé, après quoi les deux amis entrèrent dans le café. Ils s'installèrent dans un coin tranquille et furent servis rapidement tandis qu'ils parlaient de choses sans importance. C'était évident qu'ils faisaient tout pour éviter un sujet qui ne leur serait en rien agréable…

Junwoo hésita pendant tout ce paisible moment à révéler ses sentiments. Ils étaient depuis si longtemps beaucoup trop lourds à supporter, le jeune homme avait plus que jamais le besoin de se délester de cette charge qui s'ajoutait à tant d'autres.

« Hyung[2], susurra-t-il en baissant les yeux sur son verre, j'ai quelque chose à te dire…

— Comment ça ? s'enquit Taeil les sourcils froncés.

— C-C'est rien de grave, hein, le rassura Junwoo en le sentant inquiet. Juste… j'ai attendu longtemps et j'ai plus la force de garder ça pour moi. »

Taeil acquiesça, attentif et curieux de ce qui allait suivre.

« En fait, balbutia Junwoo, je… je voulais te dire que ça fait vraiment longtemps que je t'admire. Je…

---

[2] *Terme utilisé par un garçon pour désigner affectueusement un garçon plus âgé que lui (un frère, un ami, etc).*

enfin même avant que tu déménages, je t'aimais déjà énormément et… je… je t'aimais, ouais. Je t'aimais et je t'aime encore. Mais… j'ai tellement peur que te le dire revienne à briser notre amitié… »

La crainte et l'appréhension transparaissaient dans sa voix que Taeil avait rarement entendue si timide. Junwoo avait toujours été à ses yeux un garçon fort avec un caractère affirmé. Il ne le reconnaissait plus ces derniers temps, même s'il était toujours profondément attaché à lui.

Un fin sourire apparut sur ses lèvres.

« Moi aussi, mon Junie, je t'aime beaucoup. Vraiment beaucoup.

— Hein ? Comment ça ? réagit aussitôt Junwoo.

— Ces dernières semaines… je sais que ça a pas été facile pour toi. J'ai envie d'être l'épaule sur laquelle tu peux t'appuyer pour te relever et la main qui tiendra la tienne pour avancer. Moi aussi je… je suis amoureux de toi.

— Tu… c'est vrai ? »

Le sourire de son ami s'élargit et il hocha la tête avec un air tendre. Le cœur de Junwoo lui sembla bondir dans sa poitrine, jamais il n'aurait imaginé pareil dénouement – et de toute façon jamais il n'aurait cru déclarer sa flamme à son ami, il ignorait encore d'où lui était venue l'adrénaline qui avait déclenché cette pulsion de témérité.

« Junie, tu voudrais sortir avec moi ? »

Ému, sincèrement heureux pour la première fois depuis bien longtemps, Junwoo acquiesça vivement avant de se jeter au cou de celui qui était désormais son petit ami. Le café allait bientôt fermer, il y avait peu de monde, si bien qu'il n'avait pas hésité à s'oublier dans le refuge des bras protecteurs de celui qu'il aimait.

Les deux garçons, constatant qu'il allait leur falloir quitter le petit café, décidèrent d'aller se promener. Junwoo se sentit libéré de ses démons pendant tout le temps de cette paisible balade qu'il passa à tenir la main de son petit ami. Il avait mis tant de temps à trouver le courage de parler pour que finalement ses sentiments se révèlent réciproques... il avait conscience de la chance folle qu'il avait d'avoir trouvé Taeil. Tout allait peut-être enfin rentrer dans l'ordre désormais, c'était tout ce qu'il espérait, submergé par la douce euphorie qui lui réchauffait le cœur.

Il avait suffi de quelques mots pour qu'il retrouve cet espoir qu'il avait eu la sensation de perdre au contact toxique de Jihwan. Pour une fois Junwoo avait le sentiment d'être devenu intouchable, comme si désormais Jihwan n'oserait plus s'en prendre à lui.

Ainsi, lorsque Taeil proposa de le raccompagner chez lui, Junwoo accepta avec au cœur la conviction que tout finirait par s'arranger. Si Taeil était à ses côtés, tous les miracles lui semblaient tout à coup possibles.

Il était tard lorsqu'ils arrivèrent au pied de l'immeuble où vivaient les deux colocataires. Un frisson fit frémir Junwoo qui sentit aussitôt le bras de son ami s'enrouler autour de ses épaules et son souffle lui murmurer un réconfortant « ça va aller ». Junwoo avait envie d'y croire, lui aussi. Ça irait.

Ils entrèrent, grimpèrent les escaliers. Arrivés sur le palier, ils échangèrent un regard et Junwoo proposa à son petit ami de prendre un dernier verre avec lui – il n'avait pas envie d'être seul avec Jihwan. Taeil opina, conscient de ce qui pouvait se jouer dans l'esprit de son copain.

Junwoo leva une main tremblante en direction de la porte. Taeil la recouvrit de la sienne et d'un même geste ils actionnèrent la poignée. L'espoir qu'avait pu ressentir Junwoo quelques instants plus tôt fit une chute libre, la même chute libre que fit son cœur lorsqu'il vit Jihwan, debout devant eux, les bras croisés et le regard débordant de haine.

Junwoo l'ignora, invitant plutôt Taeil à entrer pendant qu'il retirait ses chaussures. Jihwan s'éclipsa, au plus grand soulagement du cadet qui trouva même la force de sourire sincèrement à celui qu'il aimait.

Les deux garçons allèrent au salon. Taeil s'installa sur le canapé pendant que Junwoo leur servait un verre d'eau. Il revint avec deux gobelets, dont un qu'il tendit à Taeil. Ce fut alors qu'il remarqua la douleur dans son regard tourné sur la petite étagère, et une nouvelle fois Junwoo eut la sensation d'un coup de poignard dans le cœur. Il se mit à trembler tandis que des pas se faisaient entendre depuis le couloir d'où une voix caressante s'éleva.

« Alors, Jun, t'as perdu ta langue ? »

Jihwan, le visage fermé, vint s'adosser à l'étagère. Junwoo eut l'impression que son âme était écrasée dans un étau infernal. Il voulut l'ignorer comme il le faisait toujours, mais cette sensation d'être étouffé sous un poids monstrueux revint à la charge une fois de plus.

« Hyung, murmura-t-il, je…

— Vas-y, l'encouragea Jihwan d'un ton moqueur.

— Jun, t'es sûr que ça va ? s'inquiéta Taeil sans comprendre.

— O-Oui, non, je… »

Junwoo sombrait peu à peu dans une indescriptible panique qui lui fit une fois de plus monter les larmes aux yeux. Taeil alors se pencha vers lui, assis à ses côtés, et le prit tendrement dans ses bras sous le regard sévère de Jihwan qui paraissait fulminer.

« Vas-y, répéta-t-il la mâchoire crispée.

— S'il te plaît, hyung, susurra encore Junwoo, je…

— Putain, Junwoo ! »

Ce hurlement poussé par Jihwan acheva de détruire le cœur de Junwoo qui sentit aussitôt les bras de Taeil resserrer leur étreinte. Il s'en écarta pourtant, de cette étreinte qu'il aimait tant.

Mais qu'il ne méritait pas.

« C'est de ma faute, sanglota-t-il sous la pression que le regard de Jihwan faisait peser sur lui, c'est moi, je m'en veux tellement !

— Jun... mais qu'est-ce que tu racontes ? lui murmura amoureusement Taeil en lui faisant signe de revenir contre lui.

— Je suis désolé, je suis tellement désolé ! Hyung c'est atroce ! »

Comprenant de quoi Junwoo parlait, Taeil se mordit la lèvre inférieure mais déjà son regard se gorgeait de larmes qu'il ne fut pas en mesure de retenir. Celles de Junwoo se firent alors plus nombreuses, désespéré qu'il était de voir à quel point Taeil était malheureux par sa faute. À quel point tout le monde était malheureux par sa faute.

Le visage de Jihwan changeait lui aussi lentement, mais il conservait un air neutre qui dissimulait ses émotions.

« S'il te plaît, Junwoo, viens, souffla Taeil. J'ai besoin de toi.

— Je peux pas...

— Rien de tout ça n'est arrivé par ta faute, tu pouvais pas savoir...

— Bien sûr que si !

— Je... j-je vois pas ce que tu veux dire... Qu'est-ce qui se passe ? » demanda Taeil d'une voix étranglée.

Les yeux désormais rougis par les larmes, le visage maltraité par la peine monstrueuse qui avait percé son âme qui ne voulait pas guérir, Taeil accentua sans le savoir la culpabilité qui rongeait son petit ami.

Junwoo, dévoré par les remords, affaibli par la fatigue et le désespoir, finit par sentir une bouffée d'angoisse prendre possession de lui. Il ne contrôlait plus rien.

« Mais merde, tu comprends pas ! hurla-t-il en tentant d'essuyer ses larmes d'un vain revers de la manche. C'est moi ! C'est à cause de moi ! C'était moi qui le harcelais ! C'est par ma faute que Jihwan-hyung s'est suicidé ! »

Ce fut un véritable coup de massue pour Taeil de qui les yeux s'écarquillèrent. Junwoo s'était tourné dos à lui, incapable de soutenir son regard, écœuré par ses propres aveux. Il était un monstre, un vulgaire déchet qui ne méritait qu'une chose : être jeté avec les autres ordures. Il se haïssait à un point tel que s'il pouvait s'arracher la peau pour changer de corps, il n'hésiterait pas une seconde. S'il pouvait s'arracher le cœur, il n'hésiterait pas une seconde.

Tourné vers l'étagère, il posa brièvement le regard sur cette photo du petit ange au sourire adorable, ange parti par sa faute. Le cadre était placé entre deux bougies éteintes et devant lui reposait une rose aux pétales faits de tissu, ainsi elle ne fanerait jamais. Mais ce qui attira les yeux de Junwoo, ce fut la silhouette de Jihwan, fantôme créé par sa fatigue et le poids de sa culpabilité. Un fantôme qui lui faisait subir chaque jour ce qu'il avait lui-même subi des années durant. Un fantôme qui n'attendait qu'une chose : que justice lui soit rendue.

Jihwan avait les larmes aux yeux, les traits tirés par la peine et la douleur. Il semblait si fragile, si différent de ce monstre qui le harcelait... si ressemblant au Jihwan pur et bienveillant qu'il avait connu jadis. La voix de l'ange s'éleva, délicate, dans un murmure vibrant de tristesse :

« Jun... qu'est-ce que je t'avais fait pour mériter ça ? »

Un haut-le-cœur donna à Junwoo l'impression qu'il allait vomir.

« Junie, je t'en supplie dis-moi que c'est juste la pire blague que t'aies jamais faite... »

La voix de Taeil était chargée d'un espoir que lui-même savait vain. Junwoo demeura silencieux, seuls s'entendaient les sanglots qui le faisaient trembler. Taeil prit alors une profonde inspiration dans l'espoir de calmer ses pleurs ; ça ne servit à rien.

Il avait été dévasté en apprenant le suicide de Jihwan. Il se rappelait encore les jours atroces qu'il avait vécus après ce drame, il se rappelait les longs moments qu'il avait passés au téléphone avec Junwoo, il se rappelait les pleurs intarissables de ce dernier – ces mêmes pleurs qui l'avaient décidé à revenir habiter dans le coin. Il avait trouvé en Junwoo un soutien moral ; combien de soirées ils avaient passées ensemble à discuter de cette tragédie qui les affligeait tous les deux.

Les larmes de Junwoo n'avaient donc rien à voir avec celles de Taeil : elles avaient été les larmes d'un coupable qui s'apercevait trop tard de sa faute.

Désormais Taeil apprenait que celui qu'il avait considéré comme son ami, son meilleur ami, son petit ami... n'était en vérité rien de plus que le monstrueux bourreau de Jihwan. Leur aîné en effet lui avait déjà confié à plusieurs reprises subir des moqueries et être harcelé, mais jamais il n'avait divulgué qui en était l'odieux auteur. Il avait toujours répondu de manière vague... il avait caché l'identité de son harceleur pour éviter à Taeil la peine d'apprendre qui était à l'origine de son mal-être. Un mal-être qui avait fini par avoir raison de lui.

Car si Junwoo se sentait toujours si mal en entrant dans la salle de bains, c'était parce que c'était dans cette pièce qu'un matin il avait retrouvé le corps sans vie de Jihwan, allongé tout habillé dans la baignoire, trempant dans son propre sang. Cette vision d'horreur hanterait à jamais celui qui en était à l'origine.

« Comment t'as pu lui faire ça ? C'était le mec le plus gentil qui existe, murmura Taeil d'un ton empli de dégoût.

— J-Je sais pas... je me sentais mal, t'étais parti, je... j'ai aucune excuse, admit Junwoo en se laissant finalement tomber sur les genoux. J'ai été un monstre, hyung, et j'ai même pas pu m'excuser. Merde, ça me bouffe, je m'en veux tellement ! Tu peux même pas imaginer ce que je vis : j'ai envie de crever comme la sale merde que je suis ! Je me déteste tellement qu'il m'arrive d'imaginer me faire subir la même chose qu'il s'est infligée pour pouvoir enfin le rejoindre ! Je me dégoûte, je suis immonde ! Si je pouvais changer le passé je le ferais, je ferais tout pour ne pas commettre la même erreur épouvantable ! »

Taeil était sans voix, estomaqué par la tournure qu'avait prise la soirée. La douleur qu'il avait crue apaisée ces derniers temps s'était violemment ravivée et il avait l'impression d'une pointe chauffée à blanc directement plantée dans son torse. La perte de Jihwan avait été la pire tragédie qu'il ait connue, mais apprendre qui en était le responsable était presque aussi douloureux.

Junwoo ressassait chaque jour les horreurs qu'il avait dites à Jihwan. Il avait profité de chacune de ses faiblesses pour lui faire du mal, conscient que son aîné avait des complexes vis-à-vis de son poids et qu'il avait également beaucoup de mal à parler aux autres. Il avait été la victime idéale, un parfait défouloir pour Junwoo qui n'avait pris qu'à sa mort la mesure de ses actes.

Il n'était pas humain, il ne pouvait être humain. Pour faire ça à quelqu'un d'autre il fallait nécessairement être un monstre. Une âme avec un cœur et des émotions ne pouvait pas faire subir pareilles atrocités à un de ses semblables.

Aujourd'hui les remords le rongeaient à la manière d'un ver qui grignoterait une pomme pourrie. Parce que Junwoo se sentait comme un fruit avarié duquel tout le monde devrait se débarrasser.

Le visage entre les mains, Junwoo ne put pas empêcher ses pleurs de redoubler lorsque la porte de l'appartement claqua derrière Taeil qui était parti sans un mot de plus. Junwoo avait tout perdu, tout comme par sa faute Jihwan avait lui aussi tout perdu exactement deux mois plus tôt.

« Je suis désolé, » répétait-il inlassablement.

Mais il était trop tard pour être désolé.

Lorsqu'il releva son regard dévasté par la honte, il le dirigea à l'endroit où se tenait jusque là Jihwan. Rien, il n'y avait plus rien d'autre que le vide. Un vide bouleversant que sa mort avait laissé dans le cœur de ceux qui tenaient à lui. Un vide qui torturerait éternellement celui qui l'avait provoqué en lui volant son sourire angélique.

L'anneau d'argent

 Jun ? T'es réveillé ? »

Parce que Junwoo émergeait lentement de sa torpeur, la voix de son petit ami lui semblait étrangement lointaine – bien qu'aussi douce qu'à l'accoutumée. Ses paupières papillonnèrent doucement, il se passa les mains sur les yeux en étouffant ensuite derrière l'une d'elles un long bâillement. Il voulut s'étirer – ses muscles en avaient grand besoin et c'était le seul moyen pour qu'il soit parfaitement réveillé – mais le corps de Jihwan à ses côtés l'en empêcha. Il replaça correctement la couette par-dessus son épaule jusqu'à son nez et put enfin, en dépit de la lumière vive produite par le soleil qui filtrait à travers la faible épaisseur des rideaux, ouvrir complètement les paupières pour observer celui qui se trouvait à ses côtés.

Jihwan avait un visage angélique ; la chaleur de ces draps qu'ils partageaient empourprait légèrement ses joues, ses cheveux roux étaient en bataille et des cernes venaient encore souligner ses yeux en amande. Son sourire était magnifique tandis que, allongé sur le flanc, il fixait avec une expression des plus tendres celui qui dormait jusque là. Comme il était beau, son Junie.

« J'en connais un qui me matait pendant que je dormais, le railla Junwoo.

— Oui mais j'en connais un qui avait l'air d'un enfant pendant qu'il dormait.

— Hum, tout est lié. »

Jihwan laissa échapper un tendre éclat de rire pendant que Junwoo se recouchait confortablement, enfonçant un peu plus la tête dans son oreiller duveteux pour fermer ensuite de nouveau les paupières. Allongé sur le ventre, il sentit la main de Jihwan venir caresser avec tendresse la peau nue de son dos, geste dont l'aîné savait qu'il lui plaisait particulièrement. Passée la surprise, des frissons naquirent sur sa peau claire sans la moindre imperfection et un sourire sur son visage.

Junwoo aimait ce cocon de chaleur et de tendresse qui les enveloppait tous deux à chaque réveil, faisant alors de ce moment comme une redécouverte de l'autre. En fait, chaque fois qu'il ouvrait les yeux, c'était comme s'il retrouvait Jihwan, comme s'il tombait amoureux de lui une nouvelle fois. C'était la raison pour laquelle Junwoo aimait tant dormir : qu'il rêve ou qu'il cauchemarde, dans tous les cas, quand il se réveillait, Jihwan était là à ses côtés. Alors le soir était le moment de la journée que Junwoo attendait avec le plus d'impatience car il savait qu'il était sur le point de tomber amoureux une nouvelle fois, mais que toujours c'était du même garçon.

Ils s'étaient rencontrés très tôt, alors qu'ils n'avaient même pas cinq ans. Très vite, ils étaient devenus complices, et dans les deux sens du terme : Junwoo et Jihwan avaient été les garçons les plus turbulents de leur classe respective. Puis, quand enfin la récréation leur permettait de se réunir, ils s'isolaient et discutaient longuement. Ils s'étaient promis de toujours rester ensemble, et près de dix ans plus tard, alors que Junwoo avait quinze ans et Jihwan dix-sept, cette promesse avait été renouvelée, mais dans un sens tout à fait différent : le cadet avait accepté de sortir avec son aîné. Ils s'aimaient désespérément, ils avaient enfin décidé de s'avouer leurs sentiments qui s'étaient avérés réciproques. Même s'ils avaient dès lors dû garder leur relation secrète à la face du monde, eux ils s'aimaient dans l'intimité, c'était là tout ce qui comptait.

Depuis, il s'en était passé des années. Pourtant, aujourd'hui âgés de vingt-et-un et vingt-trois ans, les deux étaient toujours aussi amoureux l'un de l'autre. Dès qu'il avait été majeur, Jihwan s'était trouvé un appartement d'une taille modique, néanmoins il ne semblait petit que quand il y était seul, car quand Junwoo venait lui rendre visite, tout de suite il avait la sensation de vivre dans le plus beau et le plus agréable endroit du monde. Chaque fois que son cadet était là, le monde de Jihwan se parait de couleurs magnifiques et chatoyantes, ses yeux brillaient d'amour et son cœur de bonheur.

Il n'avait fallu à Junwoo que trois semaines avant d'insinuer sur le ton de la plaisanterie qu'il pourrait venir habiter chez Jihwan tant il venait le voir régulièrement. Or ce dernier avait immédiatement rétorqué qu'il serait ravi que son petit ami se joigne à lui pour égayer non plus seulement ces après-midis où il était seul, mais tout le reste de ses journées. Bien évidemment, Junwoo avait tout aussi rapidement accepté, sautant dans ses bras avec joie.

Ainsi, chaque jour que la vie lui accordait, Junwoo le passait à sourire, car son Jihwan était son rayon de soleil. Chacun rendait la vie de l'autre mille fois plus belle et ils savaient qu'à jamais leur cœur battrait à l'unisson comme un seul et unique organe qui leur était commun.

Jihwan continuait ses caresses affectueuses, goûtant du bout de ses doigts juvéniles à la douceur de la peau de son copain, cette peau qu'il aimait sentir contre la sienne. Un soupir de la part du brun lui indiqua que le garçon aimait ce qu'il ressentait, et les frissons sur son dos en disaient tout autant.

« Je t'aime, Jihwan...

— Moi aussi. »

Et, n'y tenant plus, le rouquin posa la tête sur le dos de l'autre, abandonnant par cette occasion quelques baisers sur son épiderme alors que sa main n'avait cessé ses caresses que pour que l'autre main lui en prodigue à son tour. Junwoo avait l'impression d'être le centre du monde, et de toute façon il savait bien que, de la même façon que Jihwan était le centre de son monde, lui était le centre du sien.

« J'ai envie de te dévorer, mon Junie, plaisanta Jihwan d'une voix grave.

— Tu m'as déjà dévoré hier, hyung.

— Je veux mes trois repas par jour.

— Non, désolé, mais là je survivrai pas. »

Jihwan rit à sa réplique et mordilla son omoplate saillante, provoquant un léger gémissement de la part de Junwoo qui toutefois ne chercha pas à le repousser. Il aimait beaucoup trop ces moments pour vouloir y mettre un terme. Il voulait que Jihwan continue, mais il n'avait pas le courage de faire quoi que ce soit ce matin-là ; il était fatigué.

Junwoo soupira en laissant sa tête retomber entre ses bras eux-mêmes posés sur son oreiller. Il aimait tellement quand Jihwan se contentait de lui prodiguer ces délicates caresses qu'il n'avait qu'une envie : se laisser bercer jusqu'à s'endormir de nouveau.

« Junie…

— Quoi encore ? râla le garçon en question d'une voix fatiguée mais qui témoignait de sa tendresse.

— Je veux au moins un câlin. »

Junwoo remua faiblement quelques instants, de sorte à s'installer de la même façon que Jihwan, sur le flanc, en lui faisant face. Son aîné n'hésita pas un instant à déposer des baisers remplis d'amour sur son front et ses tempes. Junwoo rit, touché par toute cette tendresse. Il bougea légèrement pour passer une jambe par-dessus celles de son aîné et les bras autour de sa taille, si bien qu'il fut serré contre lui et put sentir la chaleur de son torse contre le sien.

Leur bassin avait beau être proche de celui de l'autre, ils n'en furent en aucune façon excités : tous deux étaient beaucoup trop concentrés sur la chasteté de cet instant pour pouvoir penser à autre chose. Même Jihwan n'était plus le moins du monde intéressé par le corps de son compagnon autrement que dans le but de lui faire de longs câlins qui n'en finiraient pas.

De ce fait, enroulant à son tour les bras autour de lui de sorte que ses mains soient dans le dos de son copain, Jihwan entreprit de reprendre ses caresses là où il les avait stoppées. Aussitôt Junwoo cala la tête dans son cou avec un soupir de bien-être.

Dans l'espoir de rendre à son grand amour ces tendresses qu'il lui offrait, Junwoo se mit à déposer une myriade de baisers sur sa gorge et sa nuque avec une délicatesse qui n'avait pas d'égal. Jihwan sentait comme de doux frôlements sur son épiderme, cela lui donnait envie de serrer plus encore son cadet dans ses bras.

« Je veux pas bouger, soupira Jihwan.

— Moi non plus. Je veux que le temps s'arrête et qu'on reste là pour toujours.

— Junie, je peux me passer de ton corps pour aujourd'hui, mais pour l'éternité, ça j'en doute.

— Même si c'est parce qu'on se fait des câlins ?

— Tôt ou tard ces câlins me donneront envie de plus.

— Tu verras, le jour où tu seras en dessous, si t'as envie de te faire prendre tous les jours, grommela Junwoo.

— C'est justement pour ça que je ne suis pas en dessous.

— Je te jure qu'un jour ça sera moi qui te ferai l'amour.

— Je te laisserai ça que quand on s'envolera pour la France et que je te ferai la plus belle des demandes en mariage avant de t'offrir ma virginité.

— Programme alléchant, rigola Junwoo. J'espère bien que tu tiendras ta promesse… et qu'un jour on pourra se marier. »

La Corée du Sud ne reconnaissait toujours pas l'amour pour tous, mais les deux garçons s'étaient promis que le jour où ils ne pourraient plus attendre, ils s'envoleraient pour se demander en mariage de façon symbolique – même s'ils comptaient bien s'offrir de belles alliances avec à l'intérieur gravée la date de leur rencontre, qui compterait toujours à leurs yeux comme la plus belle et la plus inoubliable date de leur vie.

C'était peut-être un peu trop romantique, mais tout cela faisait battre si fort leur cœur qu'ils ne pouvaient pas s'empêcher de sourire chaque fois qu'ils imaginaient à quoi pourrait ressembler ce moment. Ils s'aimaient et ils voulaient sentir que cet amour avait quelque chose d'officiel, au moins pour eux et leur famille. Ils n'en demandaient pas plus.

Comme deux âmes sœurs, ils avaient la même vision de ce que serait ce moment magique. Chacun avait le même espoir, chacun imaginait la même scène. C'était cette parfaite harmonie entre eux qui les avait conduits à s'aimer si profondément et à partager absolument tout, y compris une confiance aveugle en l'autre, confiance qui était le ciment de leur relation qui avait tout d'une idylle.

Un nouveau frisson traversa le dos de Junwoo qui laissa courir sa bouche sur la mâchoire de Jihwan avant de remonter jusqu'à ses lèvres. Comme il les aimait, ses lèvres : charnues, exquises, irremplaçables, il pourrait passer ses journées à les embrasser sans jamais s'en lasser. Six ans qu'ils étaient ensemble, et pourtant c'était comme au premier jour, quand il avait enfin pu poser un baiser sur ces lèvres qu'il convoitait depuis si longtemps sans jamais trouver le courage d'en parler au principal concerné de peur de le faire fuir. Il était jeune, il savait que c'était mal d'aimer un garçon, et lui, c'était de son meilleur ami dont il était tombé amoureux. Combien de fois s'était-il retrouvé à se lamenter seul dans sa chambre de ne pas oser lui confier ce qu'il ressentait. Il se répétait qu'il n'était qu'un monstre pour aimer un autre homme…

À l'époque, ce premier baiser qui avait scellé le début de leur relation avait été timide. Aujourd'hui il était assuré mais gardait toute cette douceur qui avait toujours existé entre eux. Jihwan mouvait lentement ses lèvres sur celles de son cadet qui suivait le rythme avec la même langueur, se contentant d'apprécier ce contact. Néanmoins ce fut lui qui osa caresser du bout de la langue la lèvre inférieure de l'autre, et le rouquin répondit immédiatement à son geste en entrouvrant la bouche de sorte à laisser la langue de Junwoo se joindre à la sienne dans un ballet des plus gracieux. Passion et douceur dansaient ensemble sous le signe de l'amour, ce moment d'osmose entre eux deux était très certainement ce qu'ils préféraient vivre.

« Jun… »

Ce souffle au creux de l'oreille de Junwoo le fit frémir. Jihwan posa une main sur son pectoral afin de le pousser à s'allonger sur le dos. Ce contact électrisa le benjamin qui se laissa faire, conscient que son petit ami ne chercherait pas à obtenir plus de lui. C'était aussi ça qu'il aimait : jamais Jihwan ne le forcerait à quoi que ce soit, il n'insistait jamais si Junwoo se montrait réticent. Il était un amant compatissant et plein de gentillesse. Bien sûr, parfois Junwoo voyait qu'il frustrait son copain à refuser ses avances, mais Jihwan comprenait qu'il puisse ne pas systématiquement avoir envie de plus que de simples câlins.

L'aîné, désormais à quatre pattes au-dessus de lui, lui embrassa à son tour la mâchoire, glissa vers son cou qu'il parsema de baisers, et tomba sur sa clavicule sur laquelle il s'appliqua avec un peu plus d'attention, aspirant d'une façon sensuelle la peau qui se trouvait à sa portée. Junwoo se mit peu à peu à haleter, caressant les cheveux enflammés de son rouquin qui suçota sa peau si bien qu'il y laissa une marque violacée que l'un comme l'autre trouvait superbe.

Jihwan, continuant les caresses qu'il effectuait sur les épaules de son bien-aimé, laissa courir ses lèvres sur son sternum, passant entre ses pectoraux avant d'arriver à ses abdominaux qu'il gratifia de quelques baisers de plus.

« Hum… Jihwan… »

Tout le corps de Junwoo bouillonnait, il n'espérait pas mieux comme réveil pour commencer une journée parfaite aux côtés de son copain parfait. Chaque parcelle de son corps sur laquelle les mains ou les baisers de Jihwan se posaient était immédiatement comme brûlante d'amour pour lui. Tout l'être du jeune garçon s'enflammait, il commençait à gigoter sans pouvoir s'en empêcher alors que Jihwan maltraitait la peau juste au-dessus de son bassin, limite que Junwoo ne voulait pas qu'il franchisse en dépit de son apparente envie. Il aimait ce que Jihwan lui faisait, mais ce n'était pas pour cela qu'il désirait faire l'amour ce matin. Les caresses de surface et les câlins lui suffisaient largement et le comblaient déjà.

« Hyung… Hum… putain, s'il te plaît, arrête…

— Mais Jun… »

La langue du rouquin sortit d'entre ses lèvres pulpeuses et traça une ligne au centre de ses abdominaux. Il le regardait avec des yeux de prédateur, il ne voulait faire qu'une bouchée de lui, et c'était bien ce qui risquait d'arriver s'il n'arrêtait pas – car Junwoo se savait faible, si faible face à son propre désir.

« Hyung je veux pas que ça aille plus loin… »

Le ton de Junwoo mêlait plaisir et sévérité. Peu à peu l'expression de l'autre se fit douce, juvénile. Il se recula pour finalement se laisser tomber sur le corps de Junwoo qui l'accueillit en le prenant dans ses bras. Jihwan se lova contre lui et déposa un innocent baiser sur ses lèvres avant de se recoucher, toujours sur lui bien sûr, calmant immédiatement ses précédentes ardeurs. Junwoo remonta la couverture, lâcha un nouveau soupir d'aise, puis il ferma les yeux pour se concentrer un peu plus sur le corps de son Jihwan tout contre lui. Cette chaleur qu'ils partageaient, c'était la meilleure chose au monde.

Ils restèrent ainsi près d'une heure à somnoler dans leur cocon avant que Jihwan ne soit trahi par son ventre affamé. Il ricana alors de manière enfantine et Junwoo l'imita, amusé de ce bruit peu discret au milieu du silence absolu qui planait jusque là dans leur chambre.

« Hyung, est-ce que t'aurais faim par hasard ?

— Je ne vois strictement pas de quoi tu parles…

— Ton ventre a pas l'air d'être du même avis.

— Laisse mon ventre tranquille.

— Je peux au moins aller lui préparer le petit déjeuner ?

— Ça oui, tu peux. »

Jihwan se décala en se laissant rouler sur le côté. Junwoo lâcha un discret rire moqueur qui poussa l'autre à faire la moue pendant que son copain allait dans le coin cuisine, juste à côté, pour leur préparer quelque chose. Le jeune homme prépara tranquillement un plat tout simple pour ce petit déjeuner qui devait l'être tout autant. Il savait que de toute façon la journée se passerait bien.

Toujours torse nu, uniquement habillé d'un jogging bleu nuit longé de deux bandes blanches, il s'attelait comme il le pouvait à sa tâche, profitant aussi d'être debout pour ouvrir complètement les rideaux.

Habituellement, c'était plutôt Jihwan qui cuisinait, néanmoins la raison venait uniquement du fait qu'il travaillait moins que Junwoo, qui avait donc moins de temps que lui pour s'atteler à cela. Cette fois cependant, Junwoo voulait tout faire pour son Jihwan qui lui avait tant apporté toutes ces années.

Le petit déjeuner fut enfin prêt : deux simples bols de riz. Il ajouta deux cuillères et ne tarda pas plus pour rejoindre celui qui l'attendait juste à côté, dans ce clic-clac qu'ils ne repliaient jamais et qu'ils avaient fini par considérer comme un lit à part entière.

« Jun, si tu veux pas risquer que je te saute dessus, tu ferais mieux d'éloigner ce corps magnifique de ma vue, ou du moins de le cacher.

— Est-ce que c'est mon corps que tu regardes ou bien les marques que tu y as laissées ? »

Hum, il avait raison : Jihwan était dingue des quelques suçons qu'il avait faits à son Junie adoré, ça le rendait tellement plus beau et désirable. Ces couleurs sublimaient sa peau comme un artiste sublimait une simple toile à l'aide de sa peinture. Junwoo était son œuvre d'art, œuvre dont il était fier car lui seul pouvait l'admirer. C'était d'ailleurs probablement le souvenir des circonstances au cours desquelles ces suçons avaient été faits qui réveillait systématiquement en Jihwan l'envie de dévorer son copain.

« Mets un t-shirt, sinon je ne réponds plus de mes actes, plaisanta l'aîné.

— Sérieux c'est pas possible.

— Mais tu me rends faible, Junie ! »

Ledit Junie soupira puis enfila un t-shirt blanc avant de venir s'asseoir sur le lit aux côtés de son copain qui n'attendait plus que lui pour commencer à manger. Une fois les deux amants réunis, le petit déjeuner put commencer. Junwoo cala son portable sur le plateau de sorte qu'ils puissent regarder des vidéos en même temps.

Jihwan, une fois qu'il eut terminé son bol, laissa sa tête reposer sur l'épaule de son copain, observant en même temps l'écran lumineux devant lui. Junwoo enroula un bras aimant autour de ses épaules, il voulait qu'il soit plus proche de lui.

« Je sais que je te l'ai dit pas plus tard qu'il y a quelques minutes, mais je t'aime, mon Hwanie.

— Moi aussi. »

Et ils échangèrent un petit baiser qui leur tira à tous les deux un sourire.

Lorsqu'à son tour il eut fini, Junwoo se releva et rapporta le tout sur le bord du petit évier de la cuisine. Il se plaça ensuite devant le miroir de la penderie afin de se changer sous l'œil affamé de Jihwan qui ne manqua pas une seconde du spectacle.

« Hyung, si je t'ai mis une vidéo, c'est pour éviter que tu me mates quand je me change, grogna Junwoo qui savait parfaitement ce que Jihwan observait.

— On a une salle de bains tu sais…

— De toute façon tu m'as déjà vu à poil, pourquoi je me ferais chier à me cacher ?

— Bah dans ce cas te plains pas si je te mate. »

Le cadet soupira, faussement fatigué de cette conversation. En vérité il adorait savoir qu'il plaisait à Jihwan, que son copain ne se lassait pas de l'observer alors même qu'il connaissait déjà le moindre détail de son anatomie.

Il enfila un caleçon ainsi qu'un jean et garda le t-shirt blanc qu'il venait de passer, ajoutant simplement une veste de cuir noir par-dessus. Il se toisa dans le miroir : ses cheveux n'étaient pas très bien coiffés mais une fois qu'il y eut passé la main, c'était déjà mieux. Quant à son visage, il avait beau y avoir quelques cernes, rien n'était très choquant – et puis il n'était pas nécessaire qu'il soit particulièrement apprêté de toute façon, il ne comptait pas faire grand-chose ce jour-là.

Jihwan, allongé sur le lit après avoir mis en veille le portable de son brun, se tourna vers lui :

« Tu comptes faire quoi ? Pourquoi tu t'habilles ? Tu veux pas revenir dans le lit pour dormir contre moi encore deux ou trois jours ? proposa-t-il avec malice.

— J'ai des courses à faire, le frigo est vide. Tu viens ? » demanda-t-il en lui tendant la main pour l'aider à se relever.

Jihwan soupira et le regarda dans les yeux, Junwoo y vit une lueur qu'il ne connaissait pas encore.

« On va à la supérette juste à côté ? s'enquit l'aîné.

— Non, ils ont pas la marque de kimchi que je préfère.

— Hum, je veux pas aller à la grande surface, c'est loin.

— Mais Jihwan, ça fait des semaines que tu me répètes ça alors que c'est à moins de dix minutes en voiture. Cette fois je veux mon kimchi.

— Oui mais j'aime pas la route par laquelle il faut passer. »

C'était juste, depuis trois mois Jihwan ne voulait plus l'accompagner en courses, d'une part parce qu'il préférait la supérette juste à côté, et d'autre part parce que la route sinueuse mais déserte qui menait à l'immense centre commercial l'inquiétait. Il avait peur que son Junie ait un accident – crainte compréhensible.

« Mais viens, insista Junwoo, je vais te montrer, moi, qu'elle est pas dangereuse cette route.

— Et c'est le coup où on se pète dans un accident monstrueux, plaisanta Jihwan en constatant le ton assuré de son copain.

— Mais non, voyons, tu dramatises, rétorqua l'autre en vérifiant sa coupe dans le miroir. Allez, habille-toi, sinon je te jure que ta virginité, je te la prends plus tôt que prévu.

— Non, Jun, gémit Jihwan, je veux rester chaste pour le jour de notre mariage ! »

Son cadet éclata de rire à ces mots et le pressa avec un peu plus de véhémence.

« Bon d'accord, céda enfin Jihwan, mais dans ce cas, je me change dans la salle de bains, moi, parce que t'as finalement réussi à m'inquiéter avec tes allusions. Et dire que je te croyais pur et innocent, mon Junie.

— Tu me rappelles qui me l'a prise, mon innocence ? ironisa le brun.

— Hum, c'était une soirée magique… Bon je vais me changer ! »

Les joues du plus jeune se teintèrent d'un très léger rose à l'évocation de ce souvenir : lors de leur première fois, Jihwan avait voulu tout arrêter quand il avait vu la douleur qu'exprimait le visage de son copain. C'était pourtant ce dernier qui avait finalement voulu continuer – et il n'avait pas regretté ce choix. Junwoo avait toujours su que Jihwan était quelqu'un de tendre et de prévenant, mais ce soir-là cela s'était confirmé : après la douleur, tout n'avait été que douceur et amour. Jihwan l'avait tenu dans ses bras, on aurait cru que le lâcher revenait à le voir partir ; en retour Junwoo s'était accroché à lui comme à une bouée de sauvetage après un naufrage. C'était inoubliable.

Jihwan accepta finalement la main tendue de Junwoo et se releva pour aller se changer à la salle de bains. Pendant ce temps, Junwoo enfila quelques bracelets puis son collier favori, une chaînette de métal à laquelle pendait un bel anneau argenté. C'était une jolie bague qu'il avait reçue quelques semaines auparavant de son copain adoré. Il avait tenu à la porter de cette façon car l'anneau était trop large pour son annulaire – il n'avait pas encore trouvé le courage de faire corriger ce petit défaut chez un bijoutier.

Il l'aimait bien telle qu'elle était car à chaque mouvement qu'il faisait il sentait le petit anneau venir caresser – souvent cogner – sa peau. Parfois le métal était froid, alors ça lui donnait envie de frissonner comme sous le contact des doigts de Jihwan, et parfois l'anneau calé contre sa peau était tiède voire chaud, lui rappelant la chaleur de ses sentiments et la tendresse de son copain.

Il s'assit sur le lit, consulta son portable, et comme Jihwan ne sortait pas de la salle de bains, Junwoo décida de se passer une vidéo qu'ils avaient tournée ensemble durant l'hiver dernier, au moment de Noël. Ils étaient tous les deux sur leur lit, torses nus comme à leur habitude, et tandis que Junwoo se filmait, il essayait de faire entrer Jihwan dans le cadre de la caméra.

« Non, Jun, grésilla la voix de son petit ami, je suis pas beau, je viens de me réveiller…

— Mais c'est au réveil que t'es le plus beau, hyung. Et puis aujourd'hui c'est Noël, tu sais ce que…

— Oh putain les cadeaux ! l'avait coupé Jihwan.

— Ah pour moi, ça dort, mais quand il s'agit d'ouvrir les cadeaux…

— C'est toi mon plus beau cadeau, Junie. »

Et enfin la timidité de Jihwan s'envola quand il entra dans le cadre du film, envoyant un baiser à la caméra avant d'attraper le menton de l'homme de sa vie entre ses doigts pour déposer sur ses lèvres une ribambelle de délicats baisers. Le rouquin était blond à l'époque, Junwoo aimait bien aussi cette couleur.

De toute façon, toutes les teintes allaient bien à son Jihwan.

Sur la vidéo, celui-ci justement commençait à laisser promener ses mains sur le corps de son cadet d'une façon sensuelle et qui laissait deviner ce qui allait suivre, notamment quand les premiers soupirs de Junwoo se firent entendre.

« Tu ferais mieux d'arrêter de filmer, mon Junie, plaisanta la voix joueuse de Jihwan, sinon je risquerais bien de souiller l'innocence de cette caméra.

— Et les cadeaux ? avait demandé Junwoo d'une voix fébrile, les yeux clos sous le trop-plein de plaisir.

— Quand je te dis que c'est toi mon plus beau cadeau, c'est pas une blague, Jun. J'ai jamais rien voulu d'autre que toi. Alors éteins et laisse-moi te faire du bien… »

Aussitôt le film prit fin. Un sourire naquit au coin des lèvres de Junwoo à ce doux souvenir. La fin du mois de mai approchait à grands pas mais il ne se lassait pas de cette vidéo qu'il trouvait si drôle. Jihwan était toujours le même, toujours celui dont il était tombé profondément amoureux.

« Je te manque à ce point quand je me change ? l'interrogea justement son compagnon qui venait de faire son retour dans la pièce.

— Dès que tu t'éloignes tu me manques.

— T'es bête. »

Jihwan était habillé d'un jean noir par-dessus lequel flottait une chemise blanche ouverte sur un t-shirt de la même couleur. Il était bien coiffé et s'était même très légèrement maquillé. Il sourit puis donna une petite tape sur la tête de Junwoo qui grogna qu'il était peut-être niais, mais pas stupide, et que dans un cas comme dans l'autre, c'était de la faute de Jihwan s'il était ainsi.

« Tu sais quoi ? reprit Jihwan d'un ton malicieux. Je te rends peut-être niais et stupide, mais t'en fais tout autant avec moi. »

Et hop, un nouveau baiser fut échangé. Chez eux, tout était un bon prétexte pour de petites marques d'affection, cela rendait leur couple absolument adorable.

Junwoo savait bien que la journée allait être parfaite ; à chaque seconde qui passait, cela se vérifiait un peu plus, et quand Jihwan le poussa sur leur lit pour le prendre dans ses bras en riant, laissant ses mèches enflammées chatouiller le nez de Junwoo, celui-ci en eut la confirmation. Il essaya de repousser la touffe rousse qui se trouvait à présent dans son cou, mais Jihwan était bien accroché.

« Hyung, tu m'ennuies, je veux manger du kimchi à midi !

— Si tu veux c'est moi qui cuisine, et cet après-midi, on y va ensemble à la supérette.

— Au centre commercial, le corrigea Junwoo.

— Oui, oui, si tu veux. Ah je te jure, toi et ton kimchi…

— Bon, laisse, c'est moi qui vais cuisiner, sinon on s'en sortira plus.

— T'as peur que voir mon corps se trémousser devant le plan de travail te donne envie ? plaisanta Jihwan.

— Non : j'ai peur que ta concentration digne de celle d'un enfant de quatre ans une fois qu'on est en weekend n'ait raison de mon déjeuner.

— Donc mon Junie m'aura aujourd'hui préparé mon petit déjeuner et mon déjeuner.

— Je sais, t'as énormément de chance de m'avoir. »

Le jeune garçon rit à cette remarque et mordilla le lobe de l'oreille du cadet, laissant sa langue jouer avec ses piercings, après quoi il le libéra enfin. Junwoo grimaça en essuyant sa pauvre oreille et tira la langue à son aîné.

« Tu veux que je te mette de la musique ? demanda ce dernier toujours allongé sur le lit.

— Mets-nous plutôt une vidéo, un truc drôle.

— Mais je veux de la musique...

— Je sais pourquoi tu veux mettre de la musique, et je te le dis tout de suite : j'ai dansé l'autre fois parce que je savais pas que t'étais réveillé, et si j'ai continué quand tu t'es redressé, c'est parce que j'ai pas entendu puisque j'avais mes écouteurs.

— T'es tellement beau quand tu cuisines et que t'essaies de danser en même temps... »

Junwoo soupira en levant les yeux au plafond malgré le sourire qu'il essayait de cacher à Jihwan. Il adorait que son rouquin focalise toute son attention sur lui, il avait le sentiment que rien d'autre ne comptait plus à ses yeux que sa présence et il était ravi de constater jour après jour que leur amour dépassait tout ce qu'ils imaginaient au moment de leur premier baiser.

Jihwan avait décidé de mettre l'épisode d'un drama qu'il suivait quand il était fatigué et qu'il n'avait pas le courage de faire autre chose que de regarder un écran. Son petit ami quant à lui avait commencé à préparer une recette simple qu'il maîtrisait bien et qui faisait toujours plaisir à son Jihwan – il adorait lui faire plaisir.

Junwoo posa la main sur son collier. Il sentit son cœur faire un bond dans sa poitrine, comme à chaque fois. C'était un mélange de joie, d'amour et d'un autre sentiment très différent sur lequel il ne pouvait pas mettre un mot mais qui était bien plus puissant que les deux autres.

Il ne passa qu'une grosse demi-heure derrière les fourneaux, pour autant ce fut suffisant à Jihwan pour s'endormir devant son drama. Il était adorable quand il dormait, Junwoo revoyait en lui l'enfant qu'il avait connu, l'adolescent dont il était tombé amoureux et le jeune adulte qui le couvrait d'attentions. Il mit le portable en veille et n'osa le réveiller qu'une heure plus tard, posant délicatement une main sur son épaule afin de le tirer de ce qui semblait être un paisible sommeil.

Le déjeuner se passa comme chacun l'avait imaginé : sur le lit, avec leur plateau, devant l'épisode du drama auquel Junwoo ne comprenait rien. Bien que ce dernier point, Junwoo s'en moquait parfaitement car lui, ce qu'il aimait, c'était observer Jihwan pendant que ce dernier regardait son épisode. Chacune des expressions qui lui traversaient le visage était imprimée à jamais dans l'esprit de Junwoo, son copain était si beau, tout chez lui était si parfait qu'il avait l'impression d'être face à un être surnaturel.

Et cet être surnaturel, lorsqu'il eut fini son plat, vint lécher le coin des lèvres de Junwoo qui n'avait pas encore pris le temps de s'essuyer correctement la bouche. Il y restait quelques traces de nourriture que Jihwan se fit un plaisir de savourer, grignotant en même temps les lèvres de son amant qui à son tour ne put rester passif et lui rendit ce baiser presque cannibale agrémenté d'une sauce pimentée qui rendait le contact encore plus épicé que ce qu'il était déjà.

Jihwan posa les deux mains sur les joues de son Junwoo adoré pour retirer méticuleusement la moindre trace de sauce, laissant dans ce but le bout de sa langue se balader sur les jolies lèvres rosées de son vis-à-vis. Une fois son travail fini, il lui mordilla la lèvre inférieure, geste qui fit lâcher un petit gémissement au cadet, pris par surprise. Aussitôt la langue taquine de son rouquin s'infiltra dans la bouche qui venait de lui être ouverte, à la recherche d'amour plus que de nourriture.

Junwoo enroula les bras autour de la nuque de Jihwan, désireux de sentir mieux encore cet agréable contact, et l'aîné ne se fit pas prier pour rendre ce baiser plus passionné qu'il ne l'était déjà. Sur la langue de Junwoo se mêlaient encore différentes saveurs, toutes exquises, et Jihwan ne se lassait plus d'y goûter. Il fallut qu'il sente que sa respiration se fasse haletante pour s'arrêter ; parti comme il l'était, Junwoo était convaincu que sans ça, son amant ne l'aurait pas lâché de sitôt.

Jihwan semblait à bout de souffle, et le fin filet de salive qui les avait reliés encore un très court moment après cet échange brutal n'avait pas même suffi à les dégoûter. L'aîné offrit une tendre et amoureuse étreinte à Junwoo qui se cala agréablement contre lui.

Jihwan lui souffla, au terme de quelques instants ; quelques mots à l'oreille.

« Jun, je veux aller à la supérette…

— Ah donc tu m'embrasses juste pour que je cède, c'est ça ?

— T'as tout compris. Je veux vite qu'on revienne dans ce lit. »

Et tandis qu'il lui murmurait ces mots d'un ton plus que suggestif, Jihwan laissa courir une main curieuse sous le t-shirt et la veste de son petit ami. Ce dernier laissa échapper un rire tendre, enfantin, qui collait finalement bien à la fois avec son caractère et son petit visage que Jihwan ne pourrait jamais s'ennuyer d'observer. Junwoo se tortilla en riant de plus belle quand les mains de son copain débutèrent des chatouilles juste au niveau de sa taille, et lorsque Jihwan parvint à le faire une fois de plus allonger sur le matelas, Junwoo le fixa d'un regard sévère. Il savait que son copain ne faisait que le taquiner, néanmoins il ancra un regard menaçant dans celui, rieur, de Jihwan. Le rouquin baladait ses mains sur les hanches de Junwoo qui sentait bien qu'il en espérait plus.

« Et moi je t'ai dit qu'aujourd'hui c'était non.

— Je veux revenir dans ce lit pour regarder des vidéos, Jun, pas pour faire ce que tu sembles croire.

— C'est pas parce qu'on aura passé cinq minutes de plus pour le trajet qu'on ne va pas pouvoir se mater des vidéos en revenant.

— Bouh tu m'énerves, t'as de la chance d'avoir des abdos...

— Je sais, hyung. Allez, viens, c'est moi qui conduis.

— On est morts... »

La réplique de son copain tira à Junwoo un sourire amusé. En dépit de la réticence de Jihwan qui se trouvait plus paresseux encore qu'à l'accoutumée, ils se dirigèrent vers leur voiture. C'était un petit modèle acheté pour remplacer celui d'occasion que Jihwan avait obtenu quand il avait eu son permis. Depuis que son cadet avait également eu le sien, deux ans plus tôt, il avait le droit de la conduire — même si Jihwan avait sans cesse peur qu'un accident ne survienne.

Il avait souvent tendance à surprotéger son compagnon, mais ce n'était finalement pas si étonnant : il voyait toujours en Junwoo ce petit garçon timide et renfermé qu'il avait rencontré quand il était tout petit et qu'il avait de suite considéré comme son meilleur ami.

Depuis, il voulait systématiquement le protéger de tous les dangers de la vie… même quand il n'y avait strictement aucun danger duquel le protéger. Cela avait déjà eu tendance à agacer Junwoo qui avait cependant fini par s'en accommoder, bien trop accro à son rouquin pour lui en vouloir – et puis plus ils grandissaient, plus l'un tentait de se montrer indépendant vis-à-vis de l'autre, alors tout allait bien. Jihwan serait toujours l'aîné, il aurait toujours ce sentiment de devoir le protéger, et ça il savait qu'il n'y pourrait rien.

Jihwan monta dans la voiture, Junwoo en fit de même. Il vit bien que son copain n'était pas tout à fait à l'aise mais il ne s'en préoccupa pas : il enfonça la clé pour démarrer ensuite et sortir tranquillement du parking de leur immeuble. Dans l'espoir de rassurer Jihwan, le jeune conducteur avait décidé de rouler à une vitesse plus basse qu'à l'accoutumée, notamment lorsqu'ils empruntèrent cette route sinueuse qu'ils connaissaient pourtant par cœur l'un comme l'autre.

Junwoo enclencha la radio, il posa une main sur la cuisse de Jihwan qui était tourné vers la vitre à travers laquelle il regardait le paysage défiler lentement. Il semblait ailleurs, hésitant, comme s'il voulait dire quelque chose sans oser le faire : il se mordillait la lèvre, il était absent.

« Il y a un truc dont tu veux me parler ? lui demanda Junwoo avec appréhension.

— Jun je t'avais dit que je ne voulais pas venir ici, moi je veux te faire des câlins devant une vidéo.

— Un vrai pot de colle, rit son compagnon. Tant que tu veux pas m'annoncer que tu me quittes, moi ça me va.

— Tant mieux, parce que je te l'annonce : je te quitterai jamais, il faudrait être dingue pour ça.

— Oh, Jihwan, c'est tellement mignon.

— J'ai toujours pas changé d'avis tu sais, un jour je te demanderai en mariage.

— Mais j'espère bien. »

Junwoo quitta un bref instant la route des yeux pour planter son regard aimant dans celui de Jihwan qui, après moins d'une seconde, le réprimanda et lui ordonna de regarder la route.

« À moins, continua le rouquin, que tu ne préfères qu'on s'arrête sur le côté de la route et que…

— Oh sérieux j'en peux plus de toi, » ricana Junwoo qui le coupa dans son élan.

Jihwan laissa échapper un rire cristallin qui sonnait aux oreilles de Junwoo comme une musique plus douce encore que celle qui passait à la radio en ce moment même. Il y avait toujours en chacun d'eux ce côté naïf que l'autre adorait. Ils formaient un couple des plus attendrissants, c'était probablement la raison pour laquelle aucune des deux familles ne s'était opposée à cette relation en dépit des quelques réticences dont elles avaient pu faire preuve.

« Jun, j'ai envie de t'embrasser, arrête-toi sur le bas-côté s'il te plaît. »

L'autre s'esclaffa une fois de plus mais, désireux d'obtenir ce baiser qui, d'après le ton employé par Jihwan promettait d'être passionné, il obéit. Il se stoppa au bord de la route, veillant à s'écarter assez pour ne pas risquer l'accident.

Aussitôt Jihwan se détacha et s'installa à califourchon sur les cuisses du conducteur, plongeant son regard brûlant dans le sien puis, ses petites mains sur les joues de Junwoo, il vint s'emparer sauvagement – presque comme dans un ultime acte désespéré – de ses lèvres qu'il regardait jusque là avec tant de convoitise.

Il ne fallut pas longtemps à leurs deux langues pour se rencontrer et annoncer le début d'un baiser dont la passion transparaissait de manière éclatante. Jihwan avait posé les mains sur les épaules de son amant qui, de son côté, avait enroulé ses bras autour de sa taille dans le but de le sentir proche de lui. Pas besoin de plus pour qu'ils aient le sentiment de ne faire qu'un, au quotidien ils avaient cette sensation que leur amour les avait liés pour l'éternité.

« T'es vraiment accro à mes lèvres, le taquina Junwoo en abandonnant sur son cou un petit baiser.

— C'est bien possible. Mais chut, le dis pas à Junwoo, il pourrait se la jouer prétentieux après.

— Hum, c'est pas son genre, t'inquiète. »

Jihwan lui offrit son plus beau sourire et lui caressa tendrement la joue avant de poser le front contre le sien. Il poussa un soupir de bien-être qui trahissait l'étendue de son bonheur à ce moment précis. Il cherchait dans le regard de Junwoo tous les sentiments qu'il aimait y voir, et tous il les trouva immédiatement. Alors après un nouveau baiser sur le coin de ses lèvres, il se redressa puis ouvrit la portière du brun avant de lui faire signe de descendre de la voiture.

« Bah… et les courses ? répliqua Junwoo sans comprendre.

— Elles peuvent attendre, tes courses, non ?

— Et moi qui pensais que tu voulais qu'on rentre rapidement pour regarder enfin nos vidéos débiles dans notre lit.

— Ça peut bien attendre cinq minutes, c'est pas toi qui l'as dit ? Viens, faut que je te montre quelque chose. »

Junwoo acquiesça avec un sourire. Son copain lui prit la main délicatement avant de l'attirer à sa suite. Jihwan se comportait étrangement, Junwoo n'arrivait pas à cerner la raison pour laquelle il avait tout à coup voulu lui montrer ce fameux quelque chose – et que pouvait-il bien vouloir lui montrer ici ? Pour autant, il n'essaya pas de chercher à élucider ce mystère : un étrange sentiment s'était de nouveau emparé de son âme.

C'était puissant, vraiment.

Et c'était désagréable…

La chaussée bétonnée n'était pas très loin, ils marchaient sur un chemin de terre bordé d'arbres que la construction de la route avait épargnés et ils sentaient dans l'air se mêler les odeurs de ce milieu de printemps ainsi que celles de la pollution. Le parfum que Junwoo préférait sentir, c'était bel et bien celui de Jihwan, mélange d'un effluve assez ténu qu'il dégageait en temps normal et d'un peu d'eau de toilette, la même qu'il mettait depuis son adolescence. Junwoo avait l'impression que cette odeur boisée faisait partie de lui maintenant, il en mettait chaque fois qu'il sortait : c'était pour Junwoo une habitude que de reconnaître cette senteur caractéristique qu'il portait si souvent.

Il ne leur fallut pas même une minute de marche avant que Jihwan ne vienne poser les mains sur les yeux de Junwoo de sorte à l'aveugler provisoirement.

« Attends, lui dit-il, je veux pas que tu découvres ça maintenant. Promets-moi de garder les yeux fermés tant que je t'aurai pas demandé de les ouvrir.

— Oui, promis. »

Jihwan avait un ton neutre, Junwoo ne savait strictement pas à quoi il devait s'attendre. Le rouquin s'écarta lentement tandis que l'autre gardait les paupières closes. Il lui prit la main et l'attira à quelques pas de là, plus près de la petite forêt sans s'y enfoncer véritablement. Junwoo sentait sous ses pieds que la terre était remplacée par de l'herbe tendre, en revanche il n'entendait plus les bruits des oiseaux — sans doute étaient-ils partis.

« Qu'est-ce que tu veux me montrer ?

— Tu verras bien. »

Jihwan gardait les mains sur les épaules de l'autre pour le guider correctement. Junwoo était tendu alors même qu'il avait totalement confiance en son copain qui lui demanda, quelques instants plus tard, d'ouvrir les yeux afin de découvrir enfin ce qu'il devait lui présenter. Junwoo obéit, Jihwan paraissait tendu, inquiet, et immédiatement le brun ressentit ces deux émotions qui vinrent lui tordre l'estomac.

Au milieu de la verdure, de la terre avait été retournée, formant un rectangle sur lequel poussaient désormais quelques fleurs et au bord duquel une croix blanche était plantée.

« Jihwan, qu'est-ce que c'est ?

— Regarde, tu verras. »

Junwoo hésita puis se pencha, le visage crispé et le cœur tambourinant de manière assourdissante. Tout son être lui faisait ressentir la proximité d'un danger dont il ignorait tout.

Il observa ce qui semblait être une tombe ; sur une plaquette de marbre posée au pied de la croix figuraient quelques mots :

À mon amour éternel que l'injuste mort a fauché sur cette route, chaque seconde sans toi est un calvaire.
Je t'aimerai toujours, mon Jihwan. – Junwoo

Juste à côté de ce petit panneau sur lequel se trouvait aussi une date qui remontait à trois mois auparavant, il y avait un anneau argenté pareil à celui que Junwoo portait à son cou.

Tout lui revint : la vidéo tournée avec Jihwan à Noël, les mots doux qu'ils avaient échangés au Nouvel An, les tendresses à la St Valentin... et puis Jihwan qui, quelques jours plus tard était parti en début d'après-midi pour lui faire une surprise. Il n'était jamais revenu. Junwoo avait été rongé par l'inquiétude ; son amoureux ne répondait plus au téléphone.

En fin de soirée, un appel lui avait été passé : Jihwan était mort sur le chemin entre la zone commerciale et leur appartement, heurté par un chauffard qui arrivait en face.

Il avait été tué sur le coup, il n'avait pas souffert.

Dans la poche de son pantalon avaient été retrouvées deux alliances argentées que l'on tenait à remettre à Junwoo, car son nom avait été gravé à l'intérieur aux côtés de celui de Jihwan, accompagné de la date de leur rencontre.

En vérité, Jihwan en avait eu assez d'attendre, et cette nouvelle Saint Valentin qu'il avait passée avec Junwoo l'avait convaincu qu'il était et serait toujours l'homme de sa vie. Alors il avait acheté ces alliances et comptait demander Junwoo en mariage dans les semaines à venir, une fois qu'il aurait réservé leur vol pour Paris. Il avait dû dépenser jusqu'à la dernière de ses économies… mais c'était si peu pour lui, car il aimait Junwoo du plus profond de son cœur : rien ne comptait plus que ça.

Toutefois cet amour parfait leur avait été arraché avec une brutalité monstrueuse. Junwoo n'avait pas pu le supporter, et moins encore quand il avait fallu assister à l'enterrement de celui qui, plus que sa vie, partageait son âme. Du début à la fin, il n'avait pas pu empêcher les larmes de ruisseler sur ses joues. Il avait l'impression que c'était tout son être qu'on avait fauché. Il était meurtri, on lui avait volé une partie de lui-même, il savait qu'il ne s'en remettrait jamais.

Comme ce fut difficile… il avait passé la soirée à pleurer son amant disparu. Il s'était endormi avant même que ses sanglots ne cessent, emporté par le plus douloureux sommeil qu'il ait connu, un sommeil amené par l'épuisement lié à ses larmes ininterrompues.

Par chance, le lendemain, quand il avait ouvert les yeux, Jihwan était là, souriant, à ses côtés. Il était si beau, si parfait, si réel. Oui, il était réel. Junwoo en était persuadé.

« Salut mon amour, avait dit Jihwan à son copain adoré.

— Comment tu vas ?

— Pas bien, regarde-moi ça : qu'est-ce que t'as fait à ton joli visage ? On dirait que t'as passé les deux derniers jours à te lamenter.

— Je suis juste mal réveillé, hyung, laisse-moi.

— Je peux au moins avoir droit à mon bisou ?

— Oui, mais seulement si tu viens le chercher. »

Et depuis ce temps-là Jihwan était toujours avec lui, uniquement avec lui. Depuis trois mois il ne le quittait plus de peur que son petit brun ne s'inquiète, mais Junwoo ne s'inquiétait plus puisqu'il avait son alliance à son cou. Tout allait bien, c'était un peu comme si de toute façon, Jihwan et lui ne pourraient plus jamais être séparés.

Ensemble, pour toujours.

« Ça va, Junwoo ? »

La question de Jihwan ramena son amant à la réalité. Junwoo le regarda avec de grands yeux qui indiquaient à quel point il était perdu. Le rouquin était assis en tailleur sur le rectangle de terre, juste devant la croix blanche, et le fixait avec inquiétude. Le regard de Junwoo quant à lui était vide, vide de tout sentiment, d'une quelconque émotion, si ce n'était peut-être une vague lueur de détresse. Son cerveau bouillonnait, son cœur tambourinait, il était complètement perdu. Sa lèvre inférieure tremblait de façon incontrôlée et finalement il pencha la tête de côté et observa son copain, toujours assis sur le sol.

« J'ai des courses à faire, le frigo est vide... Tu viens ? » demanda-t-il d'une voix blanche en lui tendant la main pour l'aider à se relever.

Au prochain lever de soleil

C'était l'aube, le soleil se levait à peine. L'hiver était installé dans ce paisible petit village de campagne que le givre avait recouvert d'un fin voile blanc. Tout était calme, on aurait cru le monde endormi. Une âme pourtant était réveillée, une âme seule qui semblait dénuée de sentiments.

À la fenêtre de sa chambre, le regard fixé sur l'horizon sans qu'il puisse en saisir ne serait-ce que la forme, Yejun était immobile. Ses yeux n'exprimaient rien de plus qu'une vacuité qui traduisait une profonde mais indicible détresse, une détresse qu'il taisait de peur qu'elle ne l'écrase s'il la laissait parler. Le poids de la douleur n'était supportable que s'il était ignoré.

Yejun était un jeune garçon aux yeux sombres qui, lorsqu'ils n'étaient pas perdus au loin, étaient aussi perçants qu'une lame et témoignaient de sa grande intelligence. Leur finesse leur conférait une beauté sans pareil, et c'était tout son visage qui avait la chance d'être doué de cette harmonie parfaite qu'avait tracée la providence à sa naissance. Une beauté à la fois brûlante et glaciale.

Ses cheveux de jais, désordonnés, retombaient sur son front pour y former des mèches folles qui prouvaient qu'il s'était éveillé peu de temps auparavant. Il n'avait pas trouvé la force de dompter ces épis sauvages, et de toute façon cela l'importait peu. Son corps maigre dessinait une silhouette étrangement imposante à la fenêtre. Il était comme une ombre qui veillait sur ce village encore assoupi.

Un soupir lui échappa ; il détendit ses membres, voûta le dos et ferma les paupières. Sa respiration était lente. On aurait pu la croire apaisée alors qu'en vérité elle était abattue. C'était la tranquillité de quelqu'un qui avait baissé les bras, quelqu'un qui avait connu la douleur, qui l'avait combattue, et qui avait fini par être vaincu par elle. C'était la tranquillité de quelqu'un qui acceptait que son destin soit misérable.

Yejun tourna un regard dépourvu d'émotions en direction de son lit : son sac à dos y était posé, prêt. Il l'avait fait la veille au soir et avait vérifié à plusieurs reprises qu'il n'y manquait rien. C'était le cas, tout était là. Les billets de train, ceux d'avion, une bonne partie de ses économies et de quoi grignoter s'il avait faim pendant ce long trajet. Peu importait le coût, ce qui comptait à ses yeux c'était de pouvoir enfin s'offrir ce voyage qu'il attendait depuis trop longtemps à son goût.

Il en avait rêvé autant qu'il en avait cauchemardé, mais il savait que c'était le seul moyen pour que son cœur soit enfin serein et ses tourments apaisés. Cela ne lui permettrait sans doute pas de surmonter la douleur, mais du moins il espérait que cela la rende supportable. C'était tout ce qu'il pouvait souhaiter, il n'en attendait pas plus.

Simplement la paix.

~~~

Minho prit sa sœur dans ses bras une dernière fois avant de lui adresser un sourire enjoué. Un sac à l'épaule, une valise à la main, le jeune étudiant était prêt. Trois années durant il avait mis de côté le moindre won pour pouvoir s'offrir un voyage au Japon, et voilà qu'enfin il allait réaliser son rêve. Il allait passer deux semaines dans ce pays merveilleux et avait fait en sorte de ne partir qu'une fois qu'il aurait un budget suffisant pour pouvoir se payer sur place tout ce qui serait susceptible de lui faire envie.

Habillé d'un sweat bleu et d'un jean noir, il avait coiffé ses cheveux bruns de sorte à découvrir son front. Son visage aux traits harmonieux quoiqu'encore enfantins malgré ses vingt ans était d'une beauté à couper le souffle et lui avait valu bon nombre de compliments. Il était élancé, son port droit trahissait toute la fierté qu'il ressentait à l'idée de découvrir le Japon par ses propres moyens.

Ses parents, encore en pyjama à cette heure matinale, l'étreignirent à leur tour et, confiant, Minho salua sa famille d'un dernier geste affectueux. Une fois seul dans le couloir de l'immeuble où lui et les siens habitaient, il tira de son sac un billet de train à direction de Séoul où il prendrait l'avion pour se rendre à Tokyo. Son sourire s'agrandit en songeant à tout ce qui l'attendait, c'était si excitant d'aller au-devant de l'inconnu !

Il rangea les billets et se hâta. Dehors il faisait encore frais en dépit du printemps qui avait fait fleurir la nature. Minho frissonna mais le brûlant enthousiasme qui lui réchauffait le cœur eut raison de sa tenue un peu légère. Le soleil s'était levé quelques minutes plus tôt, les lampadaires venaient à peine de s'éteindre, plongeant le village dans la clarté tamisée qu'offraient les rayons du jour encore timides.

Minho peinait à croire qu'il allait quitter pour deux longues semaines cette vallée qu'il avait toujours regardée comme le seul endroit où il se sentait chez lui. Pourtant il se sentait prêt, ce jour-là, à aller à la découverte du monde.

Le jeune garçon ferma un instant les paupières pour goûter à l'air frais qui venait s'échouer sur son visage à la manière d'une subtile caresse de la nature. Il semblait vagabonder dans les rues désertes et arriva bien rapidement à l'avenue principale qui formait une longue ligne droite autour de laquelle le village était organisé. C'était là notamment que les quelques petits commerces du coin étaient tous regroupés.

Les rares bruits qui troublaient le silence de cette paisible matinée, c'était le bruit de ses pieds qui foulaient le sol bétonné et celui des roulettes de sa valise qui s'accentuait chaque fois qu'il passait sur des graviers. Sans perdre son sourire, Minho ne lâchait pas du regard la sortie de son village, qu'il atteignit en une quelques minutes à une allure soutenue.

C'était un arrêt de bus. Un car passait là trois fois par jour. Ce matin-là il n'y avait personne – pas étonnant : c'était un jour de week-end en plein milieu des vacances scolaires.

Droit comme un piquet, le visage radieux, Minho vérifia sa montre puis demeura debout en attendant l'heure. Il avait une dizaine de minutes d'avance : il avait été beaucoup trop impatient pour avoir le courage de partir plus tard de chez lui.

Profitant de ces quelques minutes de tranquillité qu'il avait, il sortit son portable de sa poche, y brancha ses écouteurs et sélectionna la playlist qu'il s'était créée quelques jours plus tôt, une playlist « spécial voyage », comme il aimait à l'appeler.

Peu de temps après il entendit, par-dessus sa musique, le vrombissement sonore du moteur du véhicule qui approchait. Il leva les yeux pour découvrir un car à la carrosserie noire approcher puis s'arrêter à sa hauteur et lui ouvrir la porte. Minho grimpa, adressa un salut respectueux au conducteur et se hâta d'aller trouver une place tandis que déjà le car redémarrait. Il n'y avait personne, si bien que le jeune homme eut l'embarras du choix. Il finit par opter pour une place au milieu, à côté de la fenêtre sur laquelle il dirigea son regard pétillant.

Le givre blanchissait élégamment le paysage et lui donnait l'air irréel. Il semblait sorti d'un conte hivernal. Le monde lui paraissait s'être arrêté, gelé comme l'herbe verte du printemps.

Le décor défilait, tout comme les chansons de la playlist de Minho. Le car s'arrêta quelques minutes plus tard, à la sortie d'un village voisin. Ce fut par réflexe que le jeune homme tourna la tête afin de voir qui allait monter et, d'une certaine manière, inconsciemment le rejoindre dans ce voyage jusqu'à la ville de Daegu.

C'était un garçon. Un garçon qui lui sembla avoir son âge – ou à peu près. Minho l'observa incliner de manière polie la tête devant le conducteur et aller s'asseoir, sans la moindre hésitation, au fond du bus. L'inconnu n'accorda pas à Minho la moindre attention. Il marchait le dos légèrement courbé, le regard rivé au sol et l'air absent. C'était comme s'il n'avait aucun contact avec l'environnement qui l'entourait, comme si rien ne pouvait l'atteindre. Une fois assis, il croisa les mains et prit sans s'en rendre compte un air mélancolique tandis que son regard se posait non sur le paysage mais sur l'horizon qu'il voyait sans le regarder.

L'inconnu dégageait pour Minho quelque chose d'indescriptible : il était mystérieux, son visage trahissait une indicible peine et Minho sentait son enthousiasme s'effriter peu à peu à mesure qu'il lançait de discrets regards à cet inconnu qui ne les remarquait même pas. Il était plongé bien trop profondément dans ses pensées.

Minho songea à aller lui parler. Il ignorait pour quelle raison il avait envie de rendre le trajet de cet inconnu moins morose. Lui qui était toujours le premier à faire en sorte d'apporter un peu de joie de vivre à ses proches, cette fois-ci c'était à ce garçon qu'il voulait la transmettre. Mais c'était étrange, non ? Ça n'avait pas de sens de vouloir approcher quelqu'un qu'il ne connaissait pas le moins du monde.

Pourtant il avait envie de discuter avec lui.

Dans un soupir, Minho tourna son regard vers la vitre : de toute manière, ce garçon ne voudrait sans doute pas bavarder, inutile d'aller lui adresser la parole. Il le dérangerait plus qu'autre chose. Ce n'était pas pour rien que le jour succédait à la nuit, ils ne pouvaient simplement pas exister en même temps. Minho avait le sentiment qu'il en allait de même pour l'inconnu et lui : il ignorait quelle était cette force pareille à celle qui régissait les astres, mais il avait le sentiment de ne pas pouvoir approcher l'inconnu. Il pouvait simplement graviter autour de lui. Il était un satellite qui observait sans se lasser celui autour de qui il tournait mais dont il savait au plus profond de lui qu'il ne pourrait jamais rejoindre. Deux astres qui n'entreraient jamais en collision.

Le car s'était à présent enfoncé dans la forêt. Minho observait les arbres se succéder de manière si rapide qu'il lui était à peine possible d'en entrevoir les formes. La couverture de feuilles qui formait une fine canopée au-dessus de l'endroit empêchait le soleil matinal de se faire une place dans cette nature encore endormie. Le car y filait à la manière d'une flèche décochée avec précision, la route était droite et Minho avait la sensation qu'ils avançaient sans avancer tant le paysage se répétait autour d'eux.

Ce fut après une heure que le véhicule quitta l'autoroute sur laquelle il était lancé. Quelques autres personnes étaient montées entre temps, pour autant il y avait peu de monde et seul le premier garçon arrivé après lui suscitait toujours sa curiosité – il en ignorait la raison.

Ce fut avec soulagement que Minho observa le car ralentir pour se garer sur une petite aire d'autoroute entourée de verdure. Ils étaient en train de traverser les collines pour rejoindre la ville, la moitié du chemin avait été faite. Toujours aussi bleu, le ciel était dégagé et lorsque Minho quitta le car pour profiter de la fraîcheur matinale, il put constater que l'air lui semblait ici plus pur. Les températures étaient légèrement remontées et le soleil brillait désormais de tout son apaisant éclat.

Une brise souffla, plus forte que les autres, plus revigorante. Les paupières fermées, Minho la laissa lui caresser le visage. Il inspira profondément et rouvrit les yeux pour observer la beauté du lieu où le petit groupe de voyageurs se trouvait : l'aire d'autoroute était parsemée d'herbe, il n'y avait que peu de place pour le bitume. Un bâtiment qui abritait entre autres une supérette et un café se trouvait un peu plus loin, entouré d'arbres au feuillage vert et dense.

Tout était harmonieux, la présence de l'homme s'était faite discrète pour laisser à la nature sa prédominance.

Minho était en train de se nourrir de ces superbes images lorsque son attention fut attirée par le mouvement d'un certain jeune homme qui ne cessait de l'intriguer. Le garçon revenait de la petite station.

Contrairement aux autres personnes qui s'y étaient rendues et en étaient ressorties avec quelques confiseries en guise de petit déjeuner, lui n'avait rien entre les mains – du moins il avait les mains plongées dans les poches de son jean, si bien que Minho songea qu'il n'avait probablement rien acheté.

Le regard absent et rivé sur le sol, il marchait d'un pas traînant, le dos courbé comme lorsqu'il était monté dans le car. On aurait dit qu'il portait un fardeau imaginaire au poids tel qu'il était contraint de se voûter pour le soutenir. Minho lui trouvait encore l'air mélancolique.

Le garçon marchait dans l'herbe sans paraître vouloir retourner dans le car pour le moment. Minho crut qu'il souhaitait se dégourdir les jambes, néanmoins il changea d'avis lorsqu'il surprit l'inconnu à s'immobiliser tout à coup devant une barrière naturelle formée par quelques buissons et une végétation plus abondante. Il fronça les sourcils mais son air s'adoucit en voyant le garçon se baisser dans le but de cueillir quelques-unes des plantes à sa portée. Accroupi, il ne faisait pas attention au regard dont le couvait Minho sans s'en rendre compte.

Ce n'était rien de plus que de la curiosité ; du moins c'était ce dont Minho s'était convaincu. Parce que c'était bien plus que de la curiosité. C'était un mélange entre une inexplicable fascination et une profonde envie d'aller parler à ce garçon qui semblait si fragile et si fort à la fois. Cette errance qu'il paraissait subir lui donnait l'air fragile, le fardeau qu'il paraissait porter sans ciller lui donnait l'air fort. Pourtant ce n'était pas tout, il y avait forcément quelque chose de plus pour que Minho se sente à ce point attiré par ce parfait inconnu.

Sans doute était-ce l'excitation due à son voyage qui lui donnait l'irrépressible envie de découvrir de nouvelles personnes, et puisque ce garçon était le premier qui avait croisé son chemin c'était sur lui que son attention s'était portée. Ça expliquait tout, non ? Du moins cela dut être une explication assez logique aux yeux de Minho pour que ce dernier ne se pose plus de questions quant à l'intérêt qu'il portait à un garçon sans doute aussi banal que lui.

Celui-ci justement se redressait, un bouquet entre les mains et un faible sourire au visage. C'était un rictus à peine perceptible qui relevait de façon discrète les coins de ses lèvres, Minho se demanda si l'inconnu avait même conscience qu'il souriait. Cela ne semblait pas être le cas, car dès lors que ses yeux félins quittèrent le bouquet pour se reposer sur le sol, son sourire disparut. De nouveau on avait l'impression de faire face à une âme errante, bouleversée et perdue. Une âme capable de sourire à la seule beauté éphémère de la nature en fleur.

L'inconnu tira de son sac une boîte en plastique dans laquelle il plaça avec grand soin le petit bouquet. Minho le regarda faire sans un mot, perplexe, curieux de savoir pour quoi ou pour qui le garçon réservait ces fleurs. Plusieurs idées lui traversèrent l'esprit, pourtant aucune ne lui sembla cohérente.

Minho, parti acheter un casse-croûte au café de l'aire d'autoroute, revint d'un pas tranquille, un brownie entre les mains, près du car dans lequel les passagers remontaient déjà un à un. Son inconnu – car désormais c'était ainsi qu'il le considérait – était déjà de retour à sa place. Minho donc ne tarda pas et fila rejoindre la sienne.

Lorsque le car redémarra, il regretta de ne pas avoir pensé à changer de place pour s'installer aux côtés du garçon.

Minho tira ses écouteurs de sa poche et se mit de la musique pour faire passer le temps, surpris alors à l'idée que depuis qu'il était monté, l'inconnu ne s'était octroyé aucune distraction : il ne faisait que regarder par la fenêtre. Pas de musique, pas de livres, il n'avait pas même jeté une seule fois un regard à son portable – car Minho supposait que comme presque tout le monde il en avait sans doute un. L'inconnu était resté dans sa bulle, concentré sur l'extérieur alors même que l'extériorité n'avait pas la moindre prise sur lui : il n'avait eu de contact avec personne, rien n'avait l'air de pouvoir l'atteindre.

Il devait être concentré sur ses pensées, c'était à cette conclusion que Minho était parvenu…

Parce qu'il écoutait de la musique et jouait sur son portable, Minho eut la sensation que le temps passa plus vite au cours de la seconde moitié du trajet. Son euphorie à l'idée de découvrir le Japon lui était peu à peu revenue à mesure qu'il s'intéressait de moins en moins au garçon immobile et muet du fond du bus. Il en trépignait d'impatience et, incapable de tenir en place plus longtemps, c'était après quelques minutes qu'il s'était retourné pour discuter avec les personnes derrière lui, une mère d'une trentaine d'années accompagnée de son fils, un bout de chou de six ou sept ans.

La femme s'était révélée être d'une grande amabilité, quant à l'enfant c'était un petit garçon à croquer. Il avait l'esprit aussi vif que le regard, le sourire malicieux. Les éclats de leur conversation joyeuse avaient animé le car ; l'inconnu n'avait même pas jeté un œil dans leur direction.

Minho eut une mine ennuyée lorsque le véhicule fit halte à la gare de Daegu : ils étaient arrivés. La mère et son fils allaient rejoindre le père de l'enfant, un homme dont la jeune femme n'avait eu de cesse de faire l'éloge chaque fois qu'il devenait le sujet de la conversation – Minho avait été touché de voir briller dans son regard tant d'amour. Ils se saluèrent donc et Minho fila à la gare vérifier l'heure de son prochain trajet.

Il poussa un soupir de soulagement en constatant que tout était en ordre : aucun retard à signaler, le train arriverait d'ici une petite heure et demie. Rassuré, Minho jeta un œil autour de lui : il était dans le hall principal de l'immense gare de Daegu, jamais il n'aurait pu y croire, ça lui semblait irréel. Son voyage avait à peine débuté que déjà il avait la sensation d'en prendre plein les yeux : tout lui semblait merveilleux, il avait tant de fois rêvé de quitter le petit hameau dans lequel il avait grandi. L'université le lui avait permis, pour autant c'était bien différent : cette fois-ci, il voyageait par simple plaisir, pas par obligation.

La gare fourmillait de monde. Le hall était immense, si vaste et si haut. Tout semblait ici bien plus moderne que dans son village de campagne, et si Minho n'aimait pas vivre dans l'agitation, il devait pourtant avouer qu'il était heureux d'être là, parmi cette foule hétérogène. C'était une nouvelle expérience, ça avait quelque chose de tout bonnement envoûtant.

Mais ce n'était pour Minho pas aussi envoûtant que le jeune garçon sur qui il posa un regard surpris : son inconnu était assis là, sur une des banquettes d'une pièce coupée de la gare par une vitre transparente et qui offrait le calme à ceux qui y entraient. C'était une petite salle meublée de sièges et de tables, notamment utiles à ceux qui souhaitaient travailler en silence en attendant leur train.

Minho jeta un regard circulaire autour de lui : épiceries, cafés, pâtisseries, petits magasins divers. Il y avait de tout, et il y avait du monde partout. Quelques instants plus tôt il songeait à se mêler à eux, à devenir une fourmi de plus dans cette gigantesque fourmilière, néanmoins il était focalisé sur une seule chose : aller s'asseoir dans la même salle que son inconnu.

Tenter de lui adresser la parole.

Il se mordit la lèvre et se décida : il alla en direction de la salle, en poussa silencieusement la porte et alla s'installer à quelques mètres du garçon à l'air absent. Les yeux rivés sur l'écran qui indiquait les départs prochains, Minho était d'apparence calme alors même qu'il était en plein débat intérieur : parler, se taire, oser, craindre, se lever, rester immobile. Il ignorait quoi faire.

Et puis il y avait cette force inconnue qui l'empêchait d'approcher de plus près l'inconnu. Parce qu'il gravitait autour de lui, effrayé peut-être à l'idée d'une imminente collision. Alors il n'osa pas. Et l'inconnu continua de regarder le sol, le dos courbé, le regard perdu, les mains croisées.

Ici et pourtant ailleurs, coincé dans ses songes. Minho le trouvait beau sans savoir pourquoi : était-ce son physique ou bien tout ce mystère qu'il voyait planer autour de lui ? C'était étrangement attirant.

Minho resta silencieux. Il resta à l'écart. Il n'approcha pas son inconnu.

Les yeux rivés sur son téléphone, c'était sur l'étranger que son attention était quant à elle rivée. Plus le temps passait, plus il se convainquait de ne pas l'approcher, plus le jeune garçon devenait une énigme qu'il souhaitait déchiffrer. À force de se tenir éloigné Minho brûlait d'envie de le côtoyer. Il avait l'impression de fuir un interdit qui l'appelait de plus en plus fort à mesure qu'il y résistait. Or dès lors qu'il souhaitait céder, tout en lui s'y opposait et il demeurait figé.

Le temps passa, le train en direction de Séoul entra en gare. Lorsqu'il fut annoncé, Minho leva les yeux sur l'écran un peu plus loin qui indiquait les quais de chaque départ. Il repéra rapidement celui qu'il attendait et se redressa avant d'attraper son sac et sa valise.

Du coin de l'œil il aperçut que l'inconnu avait disparu. Il ignorait depuis quand : la dernière fois qu'il lui avait jeté un regard furtif, c'était une demi-heure plus tôt. De nombreux trains étaient partis entre temps et il ignorait dans lequel son inconnu avait pris place.

Minho était à la fois dépité à l'idée de ne plus jamais recroiser sa route et soulagé d'une certaine manière de ne plus subir cette attraction magnétique qui le tourmentait. Il alla tranquillement à son quai, profitant du temps qu'il avait encore avant le départ du train pour se payer un plat à emporter dans une épicerie.

Il traversa la gare et la foule, le bruit des gens et des véhicules, suite à quoi il accéda finalement à la voie où était arrêté un long train dans lequel quelques personnes avaient déjà pris place. Minho jeta un regard à son billet puis se dirigea vers la voiture où était son siège. Il marqua un arrêt lorsqu'il la trouva, l'observa avec un air qui disait tout de sa hâte, puis il replaça son sac sur son épaule et monta.

Minho repéra sans difficulté sa place. Il s'y avança. Son regard néanmoins alla s'égarer sur les autres passagers du wagon. Sur un passager en particulier. Un inconnu à la peau pâle et au visage dénué de la moindre expression. Un visage qui frappa aussitôt Minho.

Son inconnu.

Dans le même train. Dans le même wagon. À moins de cinq mètres de lui, mais dos à lui.

Minho déglutit et alla s'asseoir près de la fenêtre. La torture recommençait. La répulsive attirance qu'il ressentait se raviva à la manière d'une flamme inextinguible. Son attention en apparence concentrée sur l'extérieur, Minho brûlait d'envie de se lever pour aller discuter avec l'inconnu. Encore. Mais il ne se leva pas, il alla sur son téléphone pour penser à autre chose. Il se cala correctement sur son siège et, après avoir mis un peu de musique, il ferma les yeux avec l'espoir de s'endormir.

Il ne s'endormit pas. Il plongea simplement dans une légère torpeur, à mi-chemin entre rêve et éveil. Ils étaient après tout en milieu de journée et le jeune garçon n'avait pas sommeil, si bien qu'il profita du trajet pour manger ce qu'il s'était acheté à la gare un peu avant le départ. Quelques coups d'œil furent jetés en direction de son inconnu, celui-ci demeurait impassible, comme indifférent à tout ce qui pouvait exister dans ce monde.

Minho se demanda même s'il avait mangé ; il n'en était pas sûr. L'étranger n'avait rien acheté, du moins à ce qui lui semblait, et pas une fois Minho ne l'avait vu se nourrir depuis leur rencontre – si on pouvait considérer comme tel le moment où le garçon était monté dans le même car que lui. Minho voulut se lever, lui parler, lui proposer de partager son déjeuner. Comme il s'y attendait, il n'osa pas. Il resta assis, le regard fixé sur son repas qu'il se décida à avaler seul. Il en fut peiné.

Le train arriva à Séoul et ce fut dans l'après-midi que Minho fut à l'aéroport. Il était évident que dès l'arrivée de son train en gare, il avait perdu de vue son inconnu, pour autant il ne cessait pas de penser à lui, de se dire qu'il aurait dû lui parler, de se rappeler qu'un quelque chose l'en avait empêché.

Il se sentait déçu alors même qu'il ignorait pourquoi : il ne reverrait de toute façon jamais cet inconnu, et même s'il le revoyait il ne comptait pas s'en faire un ami. Alors pourquoi avait-il tant ressenti le besoin de l'approcher ? De le connaître ?

Les yeux fermés, perdu dans ses pensées, il attendait tranquillement de pouvoir embarquer pour Tokyo. Le temps passa, mais il ne savait pas combien de temps était passé. Quand il rouvrit les yeux, ce fut au moment où l'on annonçait que les passagers pour son vol pouvaient se diriger vers la passerelle d'embarquement. Il retrouva aussitôt le sourire et attrapa ses bagages.

Un long moment lui parut être passé entre l'instant où il s'était levé de son siège et l'instant où il avait pu s'asseoir dans celui de l'avion. La nuit était tombée, pourtant le jeune homme avait la sensation de déborder d'énergie. Il était sur le point de quitter son pays natal pour un bref voyage qui, il en était certain, lui laisserait mille souvenirs plus beaux les uns que les autres. Il avait tout prévu, tout pour que ce moment soit inoubliable.

Ce qu'il n'aurait en revanche jamais pu prévoir, c'était la présence de son inconnu. Dans l'avion. Assis au siège juste à côté du sien.

Ce serait la première fois qu'ils seraient si proches.

L'inconnu n'avait pas changé, il avait toujours ce même air impénétrable au visage, impénétrable quoique songeur. Il était perpétuellement perdu dans ses pensées.

Minho s'assit, posa son sac à ses pieds pour en tirer son portable et ses écouteurs, et il se mit de la musique en se faisant la remarque que son voisin quant à lui semblait avoir pour seule activité celle de rêvasser. Un coude au niveau du hublot près duquel il était assis, l'inconnu en effet regardait l'extérieur d'un air presque mélancolique.

Minho, lui, il regarda l'écran de son téléphone. Les images se succédaient mais il n'y prêtait pas la moindre attention. Son esprit était tourné ailleurs : comme lui l'inconnu se rendait au Japon... Mais visiblement pas dans le même but. Ainsi l'euphorie qui avait habité Minho au moment de monter dans l'appareil se dissipait peu à peu au contact de ce garçon qui avait sur lui un effet qu'il ne comprenait pas. C'était sans doute l'attraction, la répulsion, la gravité, toutes ces choses que la science expliquait mais dont l'explication échappait au jeune voyageur.

Le trajet fut calme. Minho ne cherchait plus à lutter contre ce qui l'empêchait de parler à son inconnu. Il s'était résolu : quelque chose ici-bas avait décidé qu'ils ne communiqueraient jamais, c'était ainsi que cela devait se passer. Ils se croisaient, se croisaient encore sans s'aborder. C'était tout et cela resterait tout. Ce constat établi, le jeune garçon s'était senti plus serein, défait de cette désagréable sensation de vouloir parler sans y parvenir. Il avait compris que vouloir était inutile quand on ne pouvait pas. Son instinct le retenait, inutile de lutter.

Parfois pourtant il jetait un bref coup d'œil à son voisin. Mais la nuit comme le jour, son inconnu arborait le même visage, la même posture, sans doute également les mêmes pensées. Peu importaient la lumière et l'obscurité, rien ne paraissait être capable de toucher cette âme en peine au regard vide.

Et Minho ne souhaitait pas troubler ces songes qui semblaient si profonds.

Il ne fallut pas longtemps avant que l'avion ne se pose. La nuit était calme. Minho récupéra ses bagages après avoir une fois de plus perdu son inconnu de vue. Une étrange quiétude s'était alors emparée de lui : il avait le sentiment que de toute manière le destin n'avait pas voulu qu'il interrompe le cours de ses rêveries. Ce mystérieux garçon et lui n'étaient pas faits pour se rencontrer, simplement pour se croiser encore et encore – Minho se demanda même s'ils ne prendraient pas encore une fois le même avion pour retourner en Corée du Sud, cela ne l'étonnerait plus.

Pour lors, maintenant qu'il était enfin à Tokyo, la ville de ses rêves, Minho n'avait qu'une envie : rejoindre son hôtel, y déposer ses affaires et profiter ensuite de pouvoir admirer la ville se réveiller doucement. S'il se dépêchait, il devrait être en mesure de profiter du spectacle de l'aube qui se lèverait tranquillement.

Le jeune homme donc se hâta de se rendre à l'hôtel où une demoiselle l'accueillit avec un sourire jovial et lui fournit la clé de sa chambre. Minho découvrit alors une petite pièce chaleureuse bien qu'étroite ; cela importait peu à ses yeux, il n'avait de toute façon pas prévu de passer ses journées enfermé. Lui, il comptait bien ne profiter de sa chambre que pour se reposer entre deux promenades.

Les étoiles brillaient encore dans le ciel nocturne lorsque Minho ressortit. Il avait à peine rangé quelques affaires que déjà il s'était changé et avait en vitesse attrapé son sac de voyage. Il l'avait passé sur son dos d'un mouvement vif et le voilà qui allait découvrir la capitale japonaise de nuit.

Minho avait trouvé un hôtel dans un quartier calme qui, néanmoins, n'était qu'à quelques minutes à pied du centre de la ville. Il ne fut donc pas surpris de voir se dessiner peu à peu devant lui des rues qu'il avait tant de fois vues en photo. L'endroit semblait plus vivant encore sous le ciel assoupi, il y avait tant de lumières qui brillaient que Minho était incapable de croire que quiconque puisse dormir dans une ville pareille. Ainsi, s'il ne fut pas surpris de voir en vrai ce qui n'avait pour lui toujours été que des images, il n'en demeura pas moins admiratif. Une photo ne recréerait jamais une atmosphère, et celle de Tokyo était si particulière, si indescriptible.

Cela avait des airs de rêve éveillé.

Le jeune garçon passa un long moment en parfait touriste lancé à la découverte des grands boulevards. Tokyo ne dormait pas, Minho non plus. Ses paupières n'étaient pas même lourdes, ses yeux étaient bien trop écarquillés par l'émerveillement pour pouvoir se fermer. Il ne pouvait pas aller dormir maintenant.

L'aube se levait doucement et colorait le ciel de tons pastel. Minho avait quitté les artères commerçantes pour se diriger vers un endroit beaucoup plus paisible, un endroit en adéquation avec ce ciel rose-orangé. Il déambulait en effet désormais sur un chemin qui longeait le Sumida, large fleuve qui traversait Tokyo et qu'il avait toujours rêvé d'admirer au lever du soleil. C'était un endroit sublime, plus encore en cette période : c'était le printemps, tous les cerisiers plantés dans le parc aménagé près du cours d'eau étaient en fleur. Ainsi, aux tons délicats du ciel répondaient ceux de ces arbres merveilleux, quant au fleuve il était d'une clarté surprenante et les rares nuages qui flottaient au-dessus semblaient s'y mirer. C'était un régal pour les yeux.

L'air était frais sans être froid, le vent n'était qu'une brise légère, et le calme régnait en maître aussi bien dans ce paysage irréel que dans l'âme de Minho. L'onde était tranquille, le jeune garçon était seul au beau milieu de cette nature apaisée.

Du moins c'était ce qu'il croyait. Jusqu'à ce qu'il le voie. Non, ce n'était pas son inconnu. En revanche, Minho le reconnaîtrait entre mille... c'était le bouquet qu'il avait cueilli lorsque leur car s'était arrêté.

Les petites fleurs sauvages avaient été abandonnées à même le sol, près de la rive. Elles faisaient pâle figure auprès des superbes bouquets déposés au même endroit et qui attisèrent bien vite la curiosité de Minho. Le jeune homme s'approcha, tout à coup anxieux. Il avait l'étrange sensation qu'il allait découvrir quelque chose au sujet de son inconnu. La raison de sa venue ici.

Parmi les bouquets déposés là, il y avait une plaque simplement posée sur le sol, une plaque que recouvraient les fleurs et quelques bougies qu'on avait visiblement allumées récemment. Près du bouquet laissé par son inconnu se trouvait une courte lettre dont Minho se demanda si c'était le mystérieux garçon qui l'avait écrite. Quelques gouttelettes en avaient fait couler l'encre ; elles étaient trop peu nombreuses pour que ce soit l'œuvre de la pluie.

Curieux quoiqu'inquiet, Minho s'accroupit et, sans poser les mains sur la lettre manuscrite de peur de l'abîmer, il la lut. Elle avait été écrite par un dénommé Yejun, pour son petit frère Jihwan venu étudier à Tokyo – c'était son rêve – et qu'on avait retrouvé avec un ami… tous deux accidentellement morts noyés dans le Sumida une semaine auparavant.

Yejun s'y excusait de n'avoir pas pu venir plus tôt, lui qui avait promis de venir à Tokyo au prochain lever de soleil. Dans sa lettre il décrivait sa douleur ainsi que la sensation de solitude et de détresse qui s'était faite si pesante maintenant que s'était éteint celui qu'il appelait affectueusement son petit soleil.

L'écriture était concise, délicate, presque poétique. On y retrouvait un lyrisme mélancolique profondément touchant qui serra la gorge au jeune garçon. Ces mots débordaient de sincérité et de douleur, Minho pouvait y lire un passé heureux ainsi qu'une âme désormais en peine qui promettait pourtant aller de l'avant pour lui, ce frère que Yejun aimerait toujours et n'oublierait jamais.

Minho posa un regard ému sur le petit bouquet.[3]

---

[3] *Ce texte est une réécriture du poème de Victor Hugo « Demain dès l'aube ». Yejun y incarne le poète, quant à Minho il y représente le lecteur qui le suit sans pouvoir intervenir dans son récit.*

Jusqu'au bout

« Je vous en supplie, j'ai tellement faim, j'en peux plus... Non bien sûr, j'ai fait comme vous me l'aviez demandé, je vous ai appelé avant... »

Yejun ouvrit les yeux sur la pénombre. Le murmure de son colocataire l'avait réveillé.

Pour la septième nuit de suite.

« Pitié... »

Jihwan avait beau être allé téléphoner dans la salle de bains, seule autre pièce du minuscule dortoir qu'ils partageaient, Yejun l'entendait comme si c'était à lui qu'il s'adressait. La voix du jeune garçon venait de craquer et à présent ses sanglots s'élevaient doucement de façon étouffée, preuve qu'il tentait de les taire.

« Par pitié, murmura-t-il d'une voix rendue plus aiguë par la peine, j'ai mal au ventre... Oui, j'ai essayé de boire beaucoup mais ça suffit plus. »

Yejun ferma les yeux et prit une longue inspiration qu'il sentit tremblante. Entendre Jihwan souffrir jour après jour n'était tout simplement plus supportable. Il était trois heures du matin, son ami n'avait sans doute pas même réussi à fermer un œil et à présent il était prostré dans la salle de bains, affamé.

Tout ça pour un rôle.

Kang Jihwan, l'étoile montante du cinéma coréen, était admiré pour la passion qu'il exprimait dans chacun des films dans lesquels il apparaissait. C'était un acteur jeune mais au talent fabuleux, personne ne pouvait le nier. Il était de ceux qui avaient une empathie exacerbée, si bien qu'il savait se fondre complètement dans son personnage pour le faire vivre comme s'il était réel, comme si c'était lui. Jihwan ne jouait jamais un rôle, il le devenait. Il souffrait avec ses personnages, il riait avec eux.

C'était aussi fascinant que c'était dangereux.

Lorsqu'il avait accepté le rôle d'un jeune garçon dépressif, il avait tenté de le comprendre, de s'imprégner de sa personnalité pour lui donner vie à travers son propre corps. Alors il s'était laissé ronger. Il n'avait joué ce rôle qu'une fois ; deux mois après le tournage il en faisait encore des cauchemars et se réveillait en pleurant. Chaque fois Yejun avait alors été là pour le prendre dans ses bras et le réconforter jusqu'à ce qu'il se rendorme.

Yejun quant à lui, il n'était pas acteur. Il appartenait à la même entreprise de divertissement que Jihwan mais il était ingénieur son. La gloire ne l'avait jamais attiré, il était bien mieux derrière la caméra que devant.

Ils avaient été embauchés en même temps, Jihwan et lui, après être sortis diplômés de leur école. Ils s'étaient rapidement bien entendus l'un avec l'autre, raison pour laquelle ils n'avaient pas hésité à acquiescer quand on leur avait proposé de partager un dortoir. Chacun venant d'une ville éloignée de la capitale, il était plus pratique pour eux de pouvoir dormir dans un bâtiment de leur agence plutôt que de chercher un appartement.

Jihwan ayant des journées plus chargées que son aîné, ce dernier s'attelait généralement aux tâches ménagères et à la cuisine, ce qui ne le dérangeait pas vraiment. Au contraire même, il aimait bien tout faire dans leur petit dortoir puisqu'ensuite Jihwan s'excusait en rougissant de ne pas pouvoir l'aider. C'était tout simplement adorable. Avec ses joues empourprées il donnait envie à Yejun de le croquer.

Quoique désormais il n'y avait plus grand-chose à croquer.

Jihwan devait incarner pour son prochain film un jeune garçon qui rêvait de devenir idol, un danseur devenu anorexique dans l'espoir de réaliser son rêve d'enfant. C'était un film sombre pour lequel Jihwan avait aussitôt été requis dans le rôle principal. Bon danseur puisqu'il avait suivi ce cursus en parallèle de ses études de théâtre, il ne lui manquait qu'une condition, l'anorexie.

Alors Jihwan était devenu anorexique. Du moins... il essayait.

Jouer, c'était toute sa vie. C'était plus qu'une passion, c'était inqualifiable. C'était son seul moyen de s'épanouir. Aujourd'hui c'était le moyen parfait pour se détruire. Il voulait bien faire, tellement bien faire... mais il n'y arrivait pas. Il avait faim, toujours faim.

Ça le rendait plus fragile émotionnellement qu'il ne l'était déjà. Le tournage devait débuter dans deux semaines. En deux mois Jihwan était passé d'un beau jeune homme tout en muscles à un gamin rachitique à peine capable d'aligner deux pas.

Comment jouerait-il le rôle d'un danseur s'il tenait à peine debout ? Ça, Yejun l'ignorait. Jihwan n'osait se confier à ce sujet qu'à deux personnes : son colocataire et son manager. L'un le poussait à se nourrir, l'autre à boire de l'eau tant qu'il le pouvait pour apaiser la faim.

Avec l'aide d'un nutritionniste de l'agence, le jeune acteur avait commencé à réduire ses apports nutritionnels dès l'instant où il avait signé son contrat et obtenu le scénario. Il avait néanmoins la sensation ridicule que ce n'était pas suffisant. Deux semaines plus tôt il avait donc demandé conseil à son manager qui lui avait proposé la chose suivante : cesser toute forme d'alimentation, comme le personnage de son film. Il se contenterait d'eau.

Yejun avait été horrifié quand son ami lui avait annoncé vouloir suivre ce conseil, pour autant il n'avait pas pu l'en dissuader. La première semaine, Jihwan l'avait plutôt bien vécue. En revanche, depuis sept jours son état se dégradait à une vitesse affolante. Ce n'était plus ses muscles qui saillaient sous sa peau, c'était ses os. Il avait perdu ses joues arrondies que Yejun trouvait si mignonnes. Son regard était terne, plus aucune lumière de bonheur n'y brillait. Jour après jour Jihwan souffrait et Yejun ne pouvait rien faire.

Ils s'étaient tous deux disputés au début de la semaine au sujet de l'alimentation du jeune acteur qui avait alors menacé de demander à changer de dortoir s'il ne le soutenait plus dans son régime. Mais Yejun ne l'avait jamais soutenu dans cette folie, chose que Jihwan savait pertinemment. Ce dernier avait simplement conscience que si son aîné insistait trop, il finirait par craquer et accepter de se nourrir à nouveau. Alors tous ses efforts auraient été vains, et ça c'était hors de question. Il savait aussi que Yejun ne voudrait pas le laisser quitter le dortoir, si bien que la menace avait été la seule façon de l'empêcher de l'inciter à manger.

Yejun avait cédé : il était le seul à se soucier plus du bien-être de la jeune star que du film à venir. Il était le seul capable de calmer ses sanglots. Et puis... sans doute était-il le seul à en être amoureux, si amoureux qu'il était hors de question qu'il le laisse sombrer dans l'anorexie. Il faisait ce qu'il pouvait pour éviter que son ami ne souffre trop psychologiquement. Ainsi, depuis près d'un mois, Yejun ne mangeait plus dans leur dortoir de peur que son cadet n'endure l'odeur de la nourriture. Il n'aimait pas manger à l'extérieur mais... si c'était pour Jihwan, il pouvait bien s'en donner la peine.

Malgré tout, chaque fois que le petit acteur avait faim au point d'en avoir des crampes d'estomac, ce n'était jamais vers son ami qu'il se tournait, c'était vers son manager. Celui-ci l'encourageait et lui donnait des conseils pour lui éviter de rompre le jeûne

— ou du moins pour ne pas prendre de poids s'il venait à manger quelque chose.

« Mais je veux pas une pomme, gémit piteusement Jihwan après quelques instants de silence à écouter la réponse de son interlocuteur, je veux des beignets aux pommes, une tarte aux pommes, je veux un gâteau à la pomme. Est-ce que je peux au moins... »

Il se coupa et Yejun entendit un sanglot lui échapper. Bordel qu'est-ce que ça lui faisait mal de savoir Jihwan dans cet état-là. Chaque fois il faisait semblant de dormir parce qu'il savait que son ami détestait le déranger pendant la nuit mais... c'était tellement difficile. Il avait la sensation de revivre ces nuits pendant lesquelles il tenait Jihwan contre lui dans l'espoir de l'aider à lutter contre ses cauchemars.

Ce gamin d'à peine plus d'une vingtaine d'années était une boule d'amour et de tendresse, c'était un jeune homme brillant et jovial. Le voir dans cet état pour ce que Yejun appelait « un simple rôle », ça lui donnait la sensation que son âme s'embrasait, réduite en cendres par la douleur que Jihwan ressentait au quotidien.

Sa passion était en train de le transformer lentement en quelqu'un qu'il n'était pas. À force de changer de personnalité comme il changeait de rôle, Jihwan ne se rendait pas compte qu'il était en train d'oublier qui il était vraiment.

« J-Je ferai ç-ça alors, m-merci. »

Chacun des mots du jeune acteur était métamorphosé par ses sanglots en un bégaiement pathétique. Du haut de leur lit superposé, Yejun ferma les yeux le plus fort possible, retenant comme il le pouvait ce nœud qui se formait lentement dans sa gorge et lui piquait le nez, indiquant là qu'il était sur le point de craquer lui aussi.

Une longue demi-heure plus tard — demi-heure que Jihwan passa à pleurer silencieusement dans la salle de bains — la porte s'ouvrit et le petit acteur retourna à la chambre à pas de loup, convaincu sans doute qu'il n'avait pas réveillé son aîné.

Il passa une main tremblante dans ses cheveux de jais et soupira sans bruit. Il n'allait pas réussir à se rendormir, il en était certain. Son manager lui avait conseillé, s'il avait vraiment faim, de manger une pomme. Jihwan cependant s'était convaincu qu'il pouvait tenir encore un jour ou deux avant de se remettre à manger. Il allait y arriver. Pour son rôle, pour ses fans, pour ceux qui croyaient en lui. Il était prêt à endurer tous les maux pour eux.

Il se leva et alla au petit coin cuisine. Le frigo était vide depuis bien longtemps, il ne contenait que des bouteilles d'eau minérale. Jihwan s'en versa un grand verre qu'il but cul sec dans l'espoir d'avoir la sensation de s'être rempli l'estomac. Son ventre gronda de manière peu discrète, chose qui tira une grimace agacée au jeune garçon qui alla s'installer dans son lit, son portable à la main.

Sur internet beaucoup de rumeurs couraient sur lui, les internautes avaient réussi à obtenir des photos récentes de lui et chacun s'interrogeait sur cette extraordinaire perte de poids. C'était le seul moyen pour Jihwan de retrouver le sourire : savoir qu'il allait faire cette magnifique surprise à ses fans, interpréter ce rôle à la perfection, *jusqu'au bout*. On le disait plus beau encore qu'avant, plus gracieux, avec l'air plus fragile. Il correspondait parfaitement à son personnage.

Quelques personnes s'inquiétaient, bien sûr, et cela aussi d'une certaine manière ça lui faisait plaisir. Ses fans ne souhaitaient qu'une chose, sa santé et son bonheur. C'était touchant.

Yejun lui avait depuis bien longtemps appris à ne jamais s'intéresser aux avis négatifs, de sorte que désormais Jihwan savait se concentrer sur le positif. Et du positif, il y en avait beaucoup. Sa souffrance n'était pas vaine, loin de là.

Encore quelques mois à peine et il pourrait de nouveau s'alimenter normalement, tout redeviendrait comme avant. Yejun l'attendrait au studio jusqu'à tard dans la nuit. Jihwan rentrerait, le sourire aux lèvres, pour découvrir que son aîné lui aurait concocté un délicieux petit plat et l'aurait attendu pour qu'ils le fassent réchauffer et le partagent. Ensuite ils s'installeraient à la minuscule table basse — seule table de la pièce — et Yejun insisterait pour qu'il lui raconte en détail sa journée, qu'il se soit passé quelque chose d'intéressant ou non. Puis, aux alentours d'une heure du matin, ils commenceraient à somnoler devant le film qu'ils se seraient mis pour la soirée et qu'ils regarderaient dans le lit de Jihwan, blottis l'un contre l'autre. Alors Yejun se lèverait, éteindrait l'ordinateur et souhaiterait au jeune acteur de bien dormir et de faire de beaux rêves.

Jihwan éteignit son portable ; les larmes lui montaient de nouveau aux yeux. Ça lui manquait tellement. Désormais, tout ce qu'il voyait quand il regardait Yejun, c'était de l'inquiétude et de la pitié. Il n'y avait plus ce petit quelque chose qui rendait son regard si beau. Ils ne riaient plus ensemble, ils discutaient de moins en moins parce que ce foutu jeûne rendait Jihwan irritable et très sensible. Jadis ils étaient capables de se perdre dans le regard de l'autre, aujourd'hui Jihwan avait la sensation qu'ils se perdaient de vue.

Ils étaient si proches et si loin à la fois ; c'était sans doute cela le plus douloureux.

Alors les sanglots le reprirent à cette triste nostalgie qu'il éprouvait. Il se coucha sous sa couette et étouffa dans son oreiller ses pleurs qu'il espérait silencieux.

Yejun lui manquait.

~~~

« Hyung, je suis rentré. Hyung ? »

Jihwan se pencha pour vérifier le jour sous la porte de la salle de bains ; c'était éteint, Yejun n'y était pas. C'était rare qu'il rentre après lui, d'autant plus que ces jours-ci Jihwan ne rentrait plus à dix heures mais à minuit : il allait s'entraîner à danser après sa journée à répéter son script. L'entreprise avait mis à sa disposition un des studios habituellement utilisés par les groupes d'idols qu'elle produisait. Il avait même eu droit à un chorégraphe pour s'entraîner correctement, un certain Kim Minho. C'était quelqu'un d'amusant et d'optimiste, si bien que ces séances faisaient un bien fou à Jihwan qui en ressortait toujours avec le sourire.

Or son sourire, il l'avait perdu en rentrant au dortoir : depuis deux jours Yejun lui avait à peine adressé la parole. Le jeune acteur avait envisagé l'hypothèse qu'il l'ait entendu pleurer — deux jours plus tôt justement — quand il avait craqué et appelé son manager une fois de plus. Connaissant son ami, Jihwan en avait déduit qu'il était tout simplement en colère qu'il s'inflige ça sans lui en parler.

Jihwan le sentait au plus profond de lui : ce rôle allait le révéler, le faire connaître plus qu'il ne l'était déjà. Son manager le lui avait assuré : s'il y avait un personnage pour lequel il devait tout donner, c'était pour ce gamin torturé qui était prêt à tout pour atteindre le sommet et réaliser son rêve.

Mais... comment atteindre les étoiles si avant même de toucher le ciel il se brûlait les ailes ?

C'était ce que Yejun lui avait demandé hier soir avant d'aller se coucher sans un mot de plus. Jihwan n'avait pas su quoi répliquer. Ce n'était qu'un rôle, il en sortirait une fois le film terminé, tout simplement. Son ami pourtant n'était pas de cet avis, si Yejun s'inquiétait tant c'était parce qu'il craignait que Jihwan ne se fonde dans son personnage au point de ne plus être capable de manger, même une fois le tournage fini.

Le jeune homme soupira et alla d'un pas lent ouvrir la porte du frigo. Il sourit en y trouvant, en plus des bouteilles d'eau, une pomme près de laquelle se trouvait un post-it : « Je vais rentrer tard. J'ai appris que t'irais encore à la danse ce soir. Bouffe, Hwanie. »

L'hésitation fut de courte durée, cette belle pomme rouge criait à Jihwan de la dévorer entièrement. Il fila à l'évier la laver et, abandonnant là un jeûne qui durait depuis déjà seize jours, il croqua avec appétit dans le fruit.

La seule sensation de mâcher lui avait horriblement manqué. Il en eut la larme à l'œil, c'était tellement bon. Ce goût fruité, sucré, cette texture savoureuse. C'était un régal. Le jeune homme crut sentir tout le poids de son stress s'arracher brusquement de ses épaules pour s'envoler loin, très loin. Chaque bouchée était une redécouverte du bonheur simple de manger, il ignorait jusque là à quel point il aimait ça, la nourriture. Ce simple fruit était un régal.

« Merci Yejun-hyung, » souffla Jihwan doucement.

Il mâchait autant que possible, conscient qu'une fois le dernier morceau terminé il jeûnerait de nouveau, probablement au moins une bonne semaine. Peu importait, pour lors il mangeait, et que ce fruit soit le fait d'une petite attention de Yejun le rendait d'autant plus exquis. L'acteur savait bien que son aîné n'était pas vraiment en colère, finalement il était simplement inquiet et ne savait pas comment l'exprimer. C'était du Yejun tout craché : bien qu'à peine plus âgé que lui, il était très réservé et aimait le calme. C'était quelqu'un de posé, de mature et de réfléchi. Pour autant il avait du mal à s'exprimer, et plus que tout à exprimer ses émotions. Il était quelqu'un d'assez secret que Jihwan avait mis du temps à cerner.

Au début il avait même cru que Yejun ne l'aimait pas, alors peu gêné qu'il était, Jihwan était allé lui demander ce qu'il avait fait de mal. C'était à ce moment que Yejun, étonné, lui avait dit qu'il le trouvait tout simplement mignon et qu'il n'osait pas approcher les gens extravertis, il était trop timide pour ça. C'était de cette façon qu'à peine quelques jours après leur rencontre ils étaient devenus amis.

Tout simplement parce que Yejun n'avait pas prévu qu'à cette révélation, Jihwan deviendrait un petit être collant qui agirait comme son ombre chaque fois qu'il était dans les parages. Mais c'était plus fort que lui, le jeune acteur adorait ce garçon au teint pâle et aux cheveux charbonneux. Il ne s'expliquait pas vraiment pourquoi il était à ce point fasciné par Yejun. Sans doute parce que pour une fois il avait rencontré quelqu'un qui était tout son contraire mais qui l'appréciait quand même. C'était drôle, ça l'intriguait, et puis pour lui qui était une pile électrique c'était agréable d'être auprès de quelqu'un de tranquille.

Cela avait quelque chose d'apaisant.

Une fois la pomme goulument avalée, Jihwan poussa un soupir de bien-être. Il crut même sentir son estomac ronronner de plaisir. Il décida de se mettre un film en attendant le retour — qui ne devrait plus tarder — de son ami. Il voulait le remercier. Ça faisait tellement de bien d'avaler quelque chose, de manger, d'avoir la sensation de se goinfrer, de pouvoir...

Peu à peu son sourire s'éteignit.

Plus de deux semaines qu'il n'avait rien avalé. Un gargouillement de son ventre lui arracha un gémissement de douleur alors qu'à peine une vingtaine de minutes après avoir jeté son trognon de pomme il avait la sensation qu'on lui tordait les boyaux. Était-ce parce qu'il avait trop mangé ou bien parce qu'au contraire il s'était arrêté à une seule pomme alors qu'il mourait de faim ? Il n'en avait pas la moindre idée. Quoi qu'il en soit, la joie avait bien vite laissé place à la douleur.

Toujours elle.

Assis sur son lit, il reposa son ordinateur et ramena les jambes à son torse avant de les entourer de ses bras. De cette façon son ventre était serré contre ses cuisses amaigries, c'était une position qu'il avait commencé à adopter régulièrement depuis qu'il jeûnait. Il trouvait que ça réduisait ses maux.

Son estomac gronda et sembla s'enflammer ; le jeune acteur sentit une larme traîtresse lui échapper, rapidement suivi d'autres qui s'écoulèrent sans un bruit le long de son visage enfoui contre ses genoux. Il jura d'un souffle et, lorsque son œsophage commença à s'embraser à son tour, il se redressa immédiatement pour courir aux toilettes.

Sa gorge devint brûlante et il ne se retint pas, rejetant douloureusement ce qu'il avait cru réussir à manger. Sans doute s'était-il trop précipité sur ce fruit succulent, raison pour laquelle son corps s'était senti incapable de le digérer et avait préféré l'expulser. À présent il avait la sensation de vomir de la bile parfumée à la pomme, sensation écœurante qui lui soulevait plus encore l'estomac.

Fermement accroché à la cuvette au-dessus de laquelle il était penché, ses jointures étaient en train de blanchir et se crisper. C'était un calvaire alors même qu'il tentait seulement d'entrer dans son rôle : le tournage n'avait pas commencé.

Alors les sanglots à leur tour se mirent à le faire hoqueter, lui donnant l'impression qu'il s'étouffait. Il allait se remettre à vomir si ça continuait.

« Du calme, Hwanie, ça va aller... »

L'appelé sursauta et, par réflexe, voulut se retourner. La grande main fine qui se posa dans sa chevelure l'en dissuada et le maintint au-dessus de cette satanée cuvette dont émanait une odeur qui le rendait encore plus nauséeux.

« Reste calme et bouge pas, je vais te chercher une couverture, tu trembles comme une feuille. »

La main de Yejun quitta son crâne ; dommage, il aimait bien quand son ami osait le prendre dans ses bras ou lui témoigner son affection à travers n'importe quel geste tendre. Yejun n'avait pas l'habitude d'être tactile.

À peine quelques secondes plus tard une couette lui fut étendue sur les épaules tandis qu'il était toujours penché sur les toilettes. Jihwan reconnut immédiatement la couverture et hocha doucement la tête de gauche à droit en la repoussant.

« Hyung, souffla-t-il malgré sa gorge souffrante, c'est ta couette, je risque de la salir.

— On n'a rien d'autre.

— Prends la mienne. »

Un court silence s'ensuivit avant que Yejun ne râle :

« Mais c'est pas possible d'être aussi con. Prends ça et fais pas chier. Tu te les gèles.

— Mais tu...

— Tais-toi, Jihwan, soupira-t-il avec lassitude. Ces derniers temps quand tu parles c'est juste pour dire des conneries. »

Le jeune acteur faillit répliquer, vexé, quand de nouveau la main de Yejun se posa dans ses cheveux pour les caresser tendrement. Rendu docile par cette douceur, Jihwan ne protesta pas lorsque l'autre déposa de nouveau sa couette sur les frêles épaules du jeune homme. Il portait un large débardeur blanc incapable de cacher sa maigreur, c'était insupportable pour Yejun qui sentait en son cœur se planter les dards empoisonnés des remords.

Il aurait dû aider Jihwan plus tôt, il aurait dû insister avec plus de véhémence. Il avait failli à son devoir d'aîné, lui qui s'était promis de veiller sur ce gamin un peu trop têtu tant qu'il le pourrait.

« Tu te sens mieux ? s'enquit-il sans pouvoir cacher son inquiétude.

— Oui, merci encore.

— Rince-toi la bouche, ensuite t'iras dormir. Demain faudra parler à ton manager, c'est plus possible tu peux pas continuer.

— T'inquiète ça va.

— Mais bien sûr. Et dans deux semaines, quand tu seras à l'hôpital : « t'inquiète, ça va ». Très convaincant. »

Le cadet soupira et se redressa ; le monde parut tourner un instant, il chancela. Il serait retombé à genoux près de la cuvette si Yejun n'avait pas enroulé un bras autour de sa hanche pour l'en empêcher.

« J'en étais sûr, s'agaça-t-il encore, t'es resté danser plus tard que prévu, hein ?

— Je terminais d'apprendre une chorée, nuance.

— Hwanie, tu sais bien qu'au-delà de deux heures ça devient trop dangereux. Tu manges rien, comment tu veux avoir la moindre énergie ? Tes muscles c'est devenu du coton, tu tiens même plus debout.

— C'est vomir qui a fait ça, pas la danse, rétorqua Jihwan avec désinvolture en se penchant pour se laver la bouche au lavabo.

— Après le « t'inquiète ça va » c'est quand même la seconde connerie en moins d'une minute, t'en es conscient ?

— Hyung, laisse-moi. »

D'un geste involontairement brusque, Jihwan repoussa son aîné qui fut bousculé en arrière. Il voulut aussitôt s'excuser mais lorsqu'il tourna les yeux vers Yejun, ce fut pour croiser son regard sombre et impénétrable. De la colère, de la peine, il ignorait ce qu'il cachait derrière ce voile opaque et obscur.

Alors il se tut et finit de se rincer la bouche avant de se laver les dents pendant de longues minutes, jetant parfois des regards soucieux à son ami qui restait là où il l'avait envoyé balader.

Lorsque le jeune homme se redressa enfin, la bouche débarrassée de ce goût immonde, il eut à peine le temps de faire un mouvement que Yejun était auprès de lui.

« Si tu l'ouvres pour me sortir encore de la merde, je t'abandonne sur le pas de la porte, » le menaça-t-il.

L'autre était sur le point de lui demander en quel honneur il recevait autant de violence dans la figure quand, sans prévenir, Yejun passa un bras dans son dos et se pencha pour passer l'autre sous ses genoux. Le petit acteur eut à peine le temps de s'accrocher à sa nuque que déjà son ami le soulevait entre ses bras minces.

La couette toujours autour du corps, Jihwan sentit son cœur cogner contre ses côtes et ses joues s'empourprer. Il blottit aussitôt son visage aux traits émaciés dans le cou de l'autre qui, d'un pas assuré, le ramena auprès de son lit — une chance que Jihwan ait insisté pour avoir le lit du bas. Yejun l'y déposa avec une infinie précaution ; un bref instant l'un comme l'autre fut déçu que ce moment ait été de si courte durée.

« Merci encore. Hyung, me laisse pas...

— Y a du progrès, sourit l'autre d'un ton affectueux, ça Hwanie tu vois c'est pas une connerie. »

Le jeune garçon lui sourit et s'enroula dans la couette qui portait l'odeur délicate de son ami. Ce dernier retourna à la salle de bains laver et désinfecter la cuvette. Une fois cette ingrate besogne terminée, il revint à la chambre pour découvrir Jihwan recroquevillé sur son lit dans la couette qu'il lui avait laissée.

Pour sûr il aurait froid cette nuit sous son seul drap, mais ça valait en valait la peine.

« Hyung, tu faisais quoi ? demanda Jihwan d'une voix ensommeillée.

— Je rangeais.

— À cause de moi ? »

La petite frimousse inquiète du jeune homme s'extirpa de la couette alors qu'il levait le visage sur Yejun. Même maigre il gardait une bouille enfantine, sans doute à cause de cette parfaite innocence qui ne quittait jamais son doux visage.

Yejun lui adressa un sourire léger mais qui réchauffa le cœur de son colocataire sur le bord du lit duquel il vint s'asseoir. Il n'eut qu'une brève hésitation avant de loger une fois de plus une main dans ses cheveux sombres. Il les aimait bien, ils étaient tout doux.

« Peu importe, souffla-t-il les yeux dans le vague. Dors. T'as besoin de beaucoup de repos pour guérir.

— Je suis pas malade.

— La douce odeur de vomi qui flotte dans les toilettes n'est pas d'accord avec toi.

— Mais je...

— L'anorexie est une maladie, Hwanie.

— Je suis pas anorexique, au contraire je voudrais bien manger, c'est juste mal passé.

— Dans ce cas tu vois pas d'inconvénients à ce qu'on retente de te faire manger une pomme demain ?

— J'aime pas vomir, » souffla Jihwan d'une petite voix piteuse.

Yejun accentua ses caresses, tentant d'empêcher que son cadet ne se mette à pleurer. Il savait bien que Jihwan détestait parler avec lui de son régime mais il ne pouvait plus se conformer à ce silence si pesant. Il fallait en discuter, c'était urgent. Il n'était pas encore trop tard pour éviter que Jihwan ne sombre complètement.

« C'est sans doute parce que t'as mangé trop vite, songea-t-il. Tu sais ce qu'on va faire dans ce cas ?

— Non...

— Demain matin je prendrai une pomme. Je la découperai en six morceaux et t'en mangeras un toutes les trois heures, tout au long de la journée. Ça te va ? »

Jihwan hocha la tête, ses yeux se fermaient lentement.

« Tu sais, poursuivit Yejun tout bas comme s'il lui faisait une confession, j'admire vraiment ta passion, ton talent pour comprendre tes personnages, mais...

Faut que ça s'arrête, ça peut pas continuer comme ça. Tu te mets en danger, Jihwan. Tu te mets, toi, en danger, pas ton personnage. On n'est pas dans un film là, on est dans la vraie vie, faut pas que tu laisses ce gamin anorexique te bouffer. Jusqu'où t'es prêt à aller pour un simple rôle ? »

Jusqu'où ? La réponse était pourtant évidente, non ?

« Ça me fait tellement mal de te voir te foutre en l'air, continua-t-il. Je veux retrouver mon Hwanie, celui qui sourit, celui qui aime manger, celui qui me réclame toujours les mêmes petits plats, celui qui aime faire de la pâtisserie avec moi... celui que j'aime. »

Le silence fut court avant que Jihwan ne le rompe, les yeux mi-clos mais un léger sourire sur le visage.

« Celui qui t'aime aussi, susurra-t-il. Merci de me soutenir, hyung. J'ai l'impression que... que ça ira mieux très vite... si t'es là. »

Yejun acquiesça avec douceur puis se redressa, prêt à aller se changer pour aller se coucher. Néanmoins une petite main qui s'enroula autour de s'en poignet l'en empêcha. Il se tourna pour voir Jihwan le fixer, les yeux cernés et suppliants. Il y répondit par un regard interrogateur. L'acteur marqua un court instant d'hésitation avant d'oser poser sa question.

« Tu peux dormir avec moi ?

— Tu m'avais pas dit que t'aimais pas dormir avec d'autres gens parce que c'est pas confortable ?

— Si, mais t'es pas les autres gens, toi t'es confortable, répliqua Jihwan en faisant la moue. Et puis... j'ai ta couette alors...

— C'est rien, le coupa Yejun. Je mettrai un pull pour dormir.

— C'est pas... c'est pas ce que je voulais dire. Enfin, c'est pas parce que j'ai ta couette que je culpabilise et que je te propose ça, expliqua-t-il maladroitement, c'est aussi parce que je veux que tu dormes avec moi. Je veux que tu me prennes dans tes bras, comme quand je faisais des cauchemars et que tu restais avec moi jusqu'à ce que je me rendorme. Après, si ça te dérange, te sens pas obligé. »

Plutôt que de répondre, Yejun hocha la tête avec une mine soulagée. Il alla à la salle de bains où il se changea au plus vite avant de revenir à la pièce principale. Il approcha timidement le lit superposé mais hésita une fois devant : Jihwan était endormi.

Du moins ce fut ce que crut Yejun jusqu'à ce que son cadet soulève un pan de la couette dans laquelle il était emmitouflé.

« Viens, » murmura-t-il.

Yejun sentit son cœur se réchauffer et se glissa auprès de celui qu'il aimait secrètement. Face à lui, Jihwan se blottit dans ses bras, passant les siens autour de sa taille tandis qu'il laissait traîner une jambe par-dessus les siennes.

« Comme ça tu peux pas m'échapper, » dit-il d'un ton amusé malgré la fatigue.

Dans tous les cas, jamais Yejun n'aurait tenté de s'échapper. Il enroula à son tour les bras autour de Jihwan en soupirant, peiné.

« J'ai l'impression de tenir un squelette, où sont passés tes muscles et tout le reste ?

— Hyung...

— Hwanie, j'ai réussi à te porter, tu te rends compte ? Avec ces bras dont tu te moquais parce qu'ils étaient tout maigres j'ai réussi à te soulever. T'étais même pas lourd.

— Je suis désolé...

— C'est rien, viens là. »

La voix faible de son cadet lui fit comprendre que les reproches avaient trop duré pour aujourd'hui. Mieux valait éviter les leçons de morale sinon quoi Jihwan allait craquer. Il posa donc une main dans la douce tignasse brune du jeune acteur et le força d'une pression peu appuyée à blottir son visage dans le creux de son cou. L'autre se laissa faire, docile, et expira contre sa peau de lys ; Yejun en frémit.

Pour l'un et l'autre la position était loin d'être confortable, comme Yejun le craignait. Néanmoins... elle était si réconfortante que le reste importait peu. Ils se sentaient bien, tellement bien.

Jihwan n'eut qu'à bouger légèrement pour pousser Yejun à s'allonger sur le dos, le cadet se retrouvant alors installé sur lui, la tête contre son torse, les jambes de part et d'autre des siennes, entre les bras protecteurs de son ami. Il ne lui fallut que quelques minutes pour trouver le sommeil.

~~~

« Hyung ! »

L'appelé ne sursauta même pas, habitué à ce que Jihwan lui bondisse sur le dos pour le saluer. Il se contenta de poser une main sur l'une des cuisses que le jeune garçon avait enroulées autour de son bassin et la caressa doucement malgré le jean qu'il portait, concentré sur la cuisson de son plat. Debout dans le petit coin cuisine de leur dortoir, Yejun était en train de concocter un succulent dîner quand Jihwan avait fait irruption. Ce dernier, les bras autour de son cou pour se cramponner à lui comme un koala à un arbre, posa le menton sur son épaule et inspira l'appétissant fumet qui se dégageait de la casserole.

« Tu nous prépares quoi ? s'enquit-il avec une moue curieuse.

— Bouillon de viande et légumes, sans nouilles. C'est léger, j'ai pas mis grand-chose dedans.

— Oh, bien, ça me donne déjà faim.

— J'en suis content, sourit tendrement Yejun en penchant légèrement la tête de sorte à pouvoir coller sa joue contre celle de son cadet. Ta journée s'est bien passée ?

— Oui, acquiesça le jeune homme avec un sourire, le producteur a dit que je me débrouillais vraiment bien, il était fasciné par mon jeu d'acteur.

— Et il a raison : t'es brillant, Hwanie.

— Oh, merci beaucoup, hyung, t'es trop mignon ! »

Et Yejun, le cœur réchauffé de bonheur, frémit lorsqu'il sentit les lèvres de son cadet se poser sur sa nuque. C'était... inattendu. Inattendu mais tellement agréable. Il sentit qu'un sourire béat tentait de lui fendre visage alors il se contenta de remuer sa préparation, une main toujours sur la cuisse de Jihwan qui ne comptait visiblement pas descendre de son dos.

« T'as repris un peu aujourd'hui ? demanda-t-il pour changer de sujet.

— Non, j'en suis toujours qu'à trois kilos de plus.

— C'est déjà ça, t'inquiète.

— Je me sens déjà mieux, tu sais, sourit le petit acteur en calant la tête contre son dos.

— C'est tout ce qui compte. Le reste, ça viendra une fois le tournage terminé.

— Exactement. »

Il ne restait qu'à peine plus de deux semaines avant la fin du tournage. Jihwan refusait toujours de s'alimenter correctement mais n'en souffrait plus psychologiquement : chaque fois qu'il entrait dans son rôle, il était incapable d'avaler quoi que ce soit, trop investi par celui qu'il devenait alors. En revanche, les soirs il avait fini par redevenir peu à peu le petit Jihwan enjoué qu'il avait toujours été. Yejun l'attendait alors au dortoir en lui faisant des petits plats peu caloriques : le but n'était pas que Jihwan prenne du poids, il tenait absolument à être le plus maigre possible pour son rôle. Pour lors le but était qu'il cesse d'en perdre.

Son aîné avait bien tenté de le convaincre de reprendre au moins un peu mais Jihwan s'était montré catégorique : hors de question pour lui de reprendre quoi que ce soit alors que le tournage n'était pas terminé. Néanmoins il avait promis à son aîné de revenir à son poids de départ une fois le film fini. C'était tout ce que Yejun avait eu besoin d'entendre pour se sentir soulagé.

En plus des remontrances de Yejun, la danse que Jihwan pratiquait beaucoup avait fini par avoir raison de son jeûne complet et même s'il mangeait peu il avait repris du poids — du muscle surtout. Il en était ravi : il était parfait pour son rôle, maigre mais avec des muscles légèrement saillants. Il avait trouvé un équilibre qui, bien que bancal et toujours dangereux, lui permettrait au moins de tenir le temps du tournage.

Jihwan avait retrouvé sa bonne humeur en même temps qu'ils avaient retrouvé leurs habitudes. C'était extrêmement réconfortant pour lui de rentrer au dortoir et d'y trouver Yejun occupé à faire à manger, et chaque soir comme ils le faisaient depuis si longtemps ils discutaient. Ensuite ils s'installaient ensemble dans le lit de Jihwan pour regarder un épisode de leur drama préféré jusqu'à ce que Yejun ne décide d'aller se coucher dans son propre lit. Leur routine avait beau être banale, c'était le moment de la journée que les deux jeunes gens préféraient.

« On pourra commander une pizza pour fêter la fin du film ? demanda Jihwan.

— Et des hamburgers, ajouta malicieusement Yejun qui lui avait fait cette promesse quelques jours plus tôt.

— Des chips ?

— Des tas de gâteaux pour l'apéritif.

— Des gâteaux sucrés, aussi, pour le dessert !

— Et faudra pas oublier les glaces. »

Jihwan acquiesça dans un gloussement tendre puis s'immobilisa avant de reprendre d'une voix plus hésitante :

« Hyung, j'ai un truc à te demander...

— C'est grave ?

— Non, pas vraiment.

— C'est en rapport avec ton rôle ?

— Oui.

— C'est en rapport avec la bouffe ?

— Non.

— Ça peut attendre qu'on se pose dans ton lit avant qu'on se mette le drama ? »

Jihwan réfléchit un court instant avant d'approuver.

« Tant mieux, sourit Yejun, parce que là le bouillon est prêt, c'est l'heure de manger.

— Je meurs de faim, ça sent tellement bon !

— Va t'asseoir, je t'amène ça tout de suite. »

Jihwan descendit du dos de son ami et fila à la table basse sur laquelle étaient déjà déposés deux bols avec les cuillères. Yejun sentit un frisson remonter le long de sa colonne vertébrale : sans Jihwan serré contre son dos la pièce semblait plus froide qu'à l'accoutumée.

Il attrapa la casserole et alla à la table, s'y agenouilla puis remplit les bols. Jihwan le regardait faire avec des étoiles dans les yeux. Si la journée il n'avait jamais faim, trop envahi par son rôle pour pouvoir avaler quoi que ce soit, le soir en revanche c'était une tout autre histoire. Au fil des semaines, il avait fini par réapprendre à manger et son estomac ne lui causait plus aucun souci. Généralement il mangeait une première fois en rentrant de sa journée et, une fois que Yejun allait se coucher, Jihwan allait manger un fruit en plus. C'était son petit plaisir en attendant de pouvoir s'empiffrer et se remettre pleinement au sport sans crainte de faire un malaise.

Yejun commença à manger, rapidement imité par son cadet qui se délectait du dîner confectionné avec amour.

Depuis la nuit qu'ils avaient passée ensemble, les deux garçons s'étaient de nouveau rapprochés. Tout était rentré dans l'ordre dans leur quotidien et l'aîné, bien que toujours épris de son ami, était heureux de leur petite routine qui s'était réinstallée. L'important c'était le bonheur de Jihwan.

Ce dernier justement apprécia tant le plat qu'il décida de s'en resservir sous le regard affectueux de Yejun. Une fois le repas terminé Jihwan alla se doucher puis se changer et lorsqu'il revint, il s'attela à la vaisselle pendant que c'était au tour de son ami d'aller se laver. Prêts à aller dormir, ils s'installèrent dans le lit de Jihwan, l'un contre l'autre, l'ordinateur portable de Yejun sur leurs jambes. Le jeune homme était sur le point de démarrer l'épisode qu'ils comptaient regarder quand il se souvint que son ami voulait lui parler.

« C'était quoi que tu voulais me dire, au fait ? » s'enquit-il.

Jihwan ne bougea pas d'un pouce, assis tout contre Yejun, les bras autour de sa taille et la tête contre son épaule. Finalement il poussa un soupir et expliqua :

« Demain je vais devoir jouer la scène où j'embrasse Jena.

— Et alors ? s'étonna Yejun. Je croyais que tu l'aimais bien, où est le problème ? »

C'était juste : Jena était l'actrice qui partageait l'écran avec Jihwan pour ce film. Tous deux s'entendaient extrêmement bien. C'était une jeune femme intelligente et adorable qui avait beaucoup soutenu son collègue ces dernières semaines. Avec Yejun, elle faisait partie des rares personnes à l'avoir incité à manger.

Jihwan poussa un nouveau soupir et d'un mouvement il posa l'ordinateur à côté de lui avant de se déplacer pour se retrouver à califourchon sur les cuisses de son ami. Celui-ci vit briller au fond de ses yeux sombres une étincelle d'inquiétude qu'il ne comprenait pas.

« C'est si grave que ça ? lui demanda-t-il donc.

— Mais hyung, j'ai jamais embrassé personne, moi, se plaignit Jihwan.

— Et t'as peur de pas savoir embrasser ? Ce sera juste un mini bisou, ça ira pas plus loin.

— Tu comprends rien, » râla avec une moue dépitée le jeune homme en s'effondrant sur Yejun.

Ce dernier, dans un léger rire, enroula les bras autour de lui, amusé de sentir son souffle chaud contre son cou et son corps tout contre le sien. Il était bien, là, c'était adorable que Jihwan soit si tactile, il ressemblait à un enfant.

« Alors explique, dit-il. Il est où le souci ?

— Le souci c'est que du coup mon premier baiser il sera pas sincère, ça craint...

— L'année dernière tu m'avais pourtant dit que tu t'en moquais, non ? Au contraire, t'avais l'air content à l'idée que sans doute ton premier baiser serait dédié à ta passion pour le cinéma.

— Oui mais j'ai changé d'avis et j'en ai parlé avec Jena. Elle aussi elle trouve que ce serait dommage. »

C'était juste, sa collègue jouait depuis quelques jours le rôle de confidente et il avait pu lui avouer tout ce qu'il avait sur le cœur. Heureusement qu'elle était de bon conseil, c'était une personne qui lui rappelait Yejun, la timidité en moins.

« Du coup tu comptes faire quoi ? demanda Yejun en passant une main tendre dans ses cheveux. Tu comptes quand même pas trouver une fille dont tu tomberais amoureux en moins de douze heures, hein ?

— En fait... j-je suis déjà amoureux tu sais... J'ai juste peur que ce soit pas réciproque. »

Les joues de Yejun chauffèrent : en prononçant ces mots Jihwan avait planté son regard dans le sien et sa voix était devenue un murmure. Ça laissait à son ami peu de doutes quant à l'identité de la personne dont il parlait. Le cœur de l'aîné se mit à palpiter alors qu'il accentuait les caresses dans les cheveux de son petit protégé.

« Un garçon aussi incroyable que toi... Hwanie, ce sera forcément réciproque.

— Tu crois ?

— J'en suis convaincu.

— Alors... tu peux m'embrasser ? »

Yejun déglutit, le regard brûlant. Bordel, Jihwan avait demandé ça si innocemment, c'était beaucoup trop mignon. Impossible de lui résister.

La main qu'il avait placée dans ses cheveux, Yejun la fit glisser sur sa joue maigre et s'en servit pour l'attirer doucement à lui. Jihwan se laissa faire, hypnotisé par ses prunelles qui exprimaient un désir ardent. Il n'avait jamais osé avouer à Yejun qu'il était tombé amoureux de lui dès leur rencontre, ces derniers temps néanmoins il avait bien remarqué que son aîné lui témoignait plus d'intérêt encore que d'habitude. Il avait alors eu l'espoir fou que son amour soit réciproque.

Et désormais il l'était.

Alors il ferma les yeux et laissa Yejun le guider. Leurs lèvres se rejoignirent amoureusement et se murent avec douceur les unes contre les autres, timides quoique curieuses. Aucun des deux ne comptait approfondir ce premier baiser, pour autant leur cœur était déjà en fête. Ce contact si chaste résonnait en eux comme une explosion de sensations toutes aussi exquises les unes que les autres.

Jihwan serra entre ses petits poings le t-shirt que portait Yejun qui, quant à lui, s'était mis à lui caresser délicatement le dos par-dessus son t-shirt.

Le baiser se prolongea, l'un comme l'autre avait l'impression de bouillir, c'était incroyable. Les lèvres charnues de Jihwan, celles fines de Yejun ; pour les deux c'était un bonheur incommensurable. Il y avait en eux cette sensation de profonde béatitude qui ne s'expliquait que d'une manière : enfin des sentiments dissimulés depuis trop longtemps pouvaient s'exprimer.

Ce fut Jihwan qui coupa court à l'échange, rouvrant les paupières pour susurrer un « je t'aime » attendrissant à son aîné avant de poser le bout de son nez contre le sien dans un geste délicat et adorable. Yejun lui sourit avant de lui rendre ce « je t'aime » qui disait pourtant bien moins que ce qu'il ressentait. Il l'aimait, il l'aimait si fort, si passionnément. C'était impossible à décrire, surtout en une si courte phrase.

« Alors tu veux bien sortir avec moi ? lui demanda Jihwan d'une petite voix.

— Bien sûr, j'adorerais. »

Le cadet frotta le bout de son nez contre le sien avec un léger rire avant de s'emparer de nouveau de ses lèvres. Yejun le laissa faire, continuant de lui caresser le dos comme il n'avait jusque là pas cessé de le faire. Jihwan relâcha quant à lui son t-shirt pour simplement poser les mains dessus, sentant à travers le tissu le pectoral de celui qui était désormais son petit ami. Il percevait les puissants battements de son cœur contre sa paume, et malgré le vêtement il percevait aussi la chaleur inhabituelle de sa peau.

C'était comme si toutes les souffrances de ces derniers mois avaient été effacées, comme si aucune ne pourrait plus jamais les frapper.

Une fois ce doux baiser terminé, Jihwan se blottit contre celui qu'il aimait et qui resserra son emprise sur son corps maigre.

« Je me sens protégé avec toi, lui avoua Jihwan à voix basse sur le ton de la confidence.

— Je serai toujours là pour te soutenir, Hwanie, tu le sais bien. Je te laisserai jamais tomber. »

L'émotion gagna le jeune garçon qui inspira l'odeur du gel douche de Yejun. Ce dernier sourit en abandonnant de petits baisers dans ses cheveux. C'était sans doute pour cette raison que Jihwan avait la sensation de pouvoir se détacher de son personnage lorsqu'il rentrait au dortoir chaque soir. C'était parce qu'il y avait ce nouveau rôle qu'il rêvait de jouer dans la vie de Yejun, ce nouveau rôle qu'il venait de décrocher, et ce nouveau rôle uniquement qu'il espérait pouvoir jouer *jusqu'au bout*.

Notes

S'il y a quelque chose que j'apprécie plus que tout, c'est la transparence : j'aime beaucoup expliquer d'où viennent mes idées, pourquoi telle phrase est écrite de telle manière, pourquoi tel personnage agit de telle façon. Les « coulisses » de l'écriture sont, à mes yeux, aussi intéressants que le résultat : le brouillon est plus révélateur que le travail achevé.

C'est pour cette raison que sur Wattpad j'ai l'habitude de mettre de petites notes à la fin de mes chapitres voire de mes romans. Si vous voulez en savoir plus, donc, n'hésitez pas à aller y faire un tour.

J'en profite pour remercier ma sœur qui a pris un temps fou sur ses journées chargées pour m'aider à relire chacune de ces histoires. C'est super gentil de sa part et je lui suis si reconnaissante de toujours m'encourager comme elle le fait.

Par ailleurs et même si je l'ai déjà dit mille fois (il y a des choses qu'on ne répète jamais assez), je remercie du fond du cœur tous ceux qui ont porté de l'intérêt à mes récits, tous ceux qui ont lu, aimé et commenté mes textes. Wattpad est un vaste réseau, on s'y noie très facilement et il est difficile pour un petit auteur de sortir la tête de cet océan. Mais ça reste possible. Chaque lecteur est comme une bouée de sauvetage qui nous permet de ne pas couler en direction des abysses. À ce jour, ce sont plus de trois mille personnes qui sont là et me soutiennent livre après livre.

Quand j'ai posté mon premier récit sur Wattpad, je rêvais d'avoir cent abonnés, ça me paraissait inaccessible. Ce genre de rêve qu'on ne peut faire que quand on est gosse et qui ne se réalisera jamais. Comme quand on dit « j'espère qu'un jour je serai riche ». Eh bien moi je me disais « j'espère qu'un jour j'aurai cent abonnés ». Je pense qu'on peut ranger ça dans la catégorie « rêve de gloire ».

J'ai mûri, depuis. Aujourd'hui ce n'est plus cela que je recherche : tout ce que je souhaite c'est que peu importe qui lit mes histoires, il puisse s'y retrouver et en apprécier la trame.

C'est tellement plus ambitieux que de rêver de tel ou tel nombre d'abonnés.

Oui, apporter du bonheur aux autres, c'est bien plus difficile que d'obtenir une popularité qui n'est, finalement, que virtuelle et éphémère. Si mes livres vous touchent, s'ils vous marquent, c'est beaucoup plus durable. Ça n'a pas de prix.

J'ai conscience que je vous dois tout. C'est parce que plusieurs d'entre vous ont souvent évoqué l'idée de faire éditer mes histoires que j'ai finalement choisi non de les imprimer uniquement pour moi, mais de faire en sorte que ceux qui le veulent puissent avoir aussi leur propre exemplaire (même si j'avoue que l'idée que quelqu'un puisse réellement vouloir ce livre continue de me surprendre… ^^').

Oui, même dans un livre autoédité je continue de mettre des smileys. C'est mon bouquin je fais ce que je veux.

Bref !

J'espère sincèrement que ces cinq courtes histoires vous auront plu, j'aimerais pouvoir en publier d'autres à l'avenir, ne serait-ce que pour avoir mon propre exemplaire (parce que la correction c'est teeeeellement long, quelle horreur T-T).

Encore merci de l'intérêt que vous portez à ma plume, à mes romans. C'est vous qui me motivez à écrire autant. Je continuerai de tout faire pour m'améliorer à vos côtés, vraiment merci pour la chance que vous m'avez offerte.

Avec toute mon amitié et ma plus sincère reconnaissance,

Manon.

Table des matières

Avant-propos 9

Sonate 11

Son sourire angélique 37

L'anneau d'argent 67

Au prochain lever de soleil 101

Jusqu'au bout 125

Notes 157